硝子の殺人者

東京ベイエリア分署

新装版

今野 敏

角川春樹事務所

目次

硝子（ガラス）の殺人者

東京ベイエリア分署

1

須田三郎部長刑事が、珍しく気に入ったというだけあって、落ち着いた雰囲気のいい店だった——安積剛志警部補はそう思った。

勝どき五丁目にあるイギリス風のパブだった。

カウンターの棚にはざっと数えただけで三十種類以上のスコッチウイスキーが並んでいた。

メニューを見ると、ビールがまた二十種類以上そろっている。

安積警部補の一行、すなわち、須田三郎部長刑事、黒木和也刑事、桜井太一郎刑事の四人は、入口から見て左側のテーブルに案内された。

黒木刑事の階級は巡査長、桜井刑事は巡査だ。巡査長という階級は本当は正式なものではない。

巡査と巡査部長の差があまりに大きすぎるため、それを埋める目的で便宜上設けられた階級だ。巡査たちの士気高揚にも役立っている。

須田巡査部長は、自分がその店を気に入ったという事実よりも、安積がどう思うかという点を気にしているようだった。

須田巡査部長は、さきほどからしきりに安積警部補の顔色をうかがっていた。安積はそれに気づいていたが、知らぬふりをしていた。

須田を刑事部に配属した人事担当者は、何か特別のインスピレーションを得たのか、あるいは単なる変わり者だったのだろうと安積警部補はいつも考えていた。

実際、須田三郎は、刑事とは思えない風貌をしていた。やや太りすぎのきらいがあったし、動作は緩慢だ。

性格のほうも見かけ同様、およそ刑事らしくはなかった。

彼が、容疑者を怒鳴りつけているところを見たことがある同僚は、ひとりもいない。

須田巡査部長はあまりに傷つきやすいように見える。自分の感情より、他人の機嫌を気にするタイプだ。警察官どころかサラリーマンでも成功はしそうにない。

だが、安積警部補はその点を買っていた。通常の人々の感覚。おおげさにいえば、良識といったものを須田に期待できるのだ。

何よりも須田は、人々の予想に反して、部長刑事にまで昇進しているのだ。

一方、いつも須田と組んでいる黒木和也巡査長は、まるで正反対のタイプだ。

彼は、若くしなやかな豹だ。いつもきびきびとスピーディーに動く。そして、動きに無駄がない。無口な男で、優秀なスポーツマンは神経質な人間が多いが、黒木はそれと同質の気質をもっているようだった。

黒木の机の上はいつもきちんと整理されていた。もちろん、署では常に机は整理整頓するようにとうるさく言われる。

四交替の外勤警官は、机も交替で使うから、当然それが要求される。
刑事の場合は少しばかり状況が違う。自分の机を与えられるし、特に所轄署の刑事は多忙を極めている。たいていの刑事の机の上は、さまざまな書類や伝票類が散乱している。だが、黒木刑事の机の上はいつもきれいに片づいていた。彼は、二十九歳で独身だった。プライベートなことをあまりしゃべらないので、彼に決まった恋人がいるのかどうか、安積は知らなかった。

黒木は生真面目な態度でメニューを検討していた。そのとなりで、桜井は、いち早く注文する飲み物を決めてしまい、メニューをテーブルに投げ出した。彼は、さりげなく店内を見回している。

まさか、刑事の習性がすでにからだに染み込んでしまったのではあるまいな、と安積警部補は密かに思った。

桜井は、二十六歳の新米刑事で、安積警部補といつもいっしょに行動している。彼は、若いが、むしろ須田などよりも建前を心得ている。徹底的な合理主義者だが相手を見ることも忘れないのだ。

無闇に本音だけをぶつけることはしない。一時期、新人類などといわれた世代だが、安積に言わせれば、自分より保守的なところがある世代かもしれなかった。彼らは妥協を知っている。

それがいいことなのか悪いことなのか、安積にはわからない。

店員が注文を取りにきた。須田は、ブラック・アンド・ホワイトをオン・ザ・ロックで頼んだ。黒木は結局須田と同じものをもらうことにした。

安積はカティサークを水割りで注文し、桜井は安積の知らない名前のソフトドリンクを頼んだ。彼は覆面パトカーを運転してきたので、アルコールを飲めないのだ。

「どうです、チョウさん」

メニューを返した須田が言った。「なんだかこういう店、なつかしい感じがするでしょう?」

「ああ、そうだな」

「板張りの床がいいんですよね。それに、壁の色も落ち着いている……。俺、行ったことないけど、イギリスのパブってこんな感じなんでしょうね」

安積は一瞬、桜井のほうを見た。桜井が何か言うのではないかと思ったのだ。

だが、それは杞憂だった。桜井は、相変わらず、店内をゆっくりと見回している。

安積警部補は言った。

「それを売り物にしている店なんだろう?」

「ええ。それと、窓の景色。東京湾岸の夜景がきれいでしょう」

「確かに、男が四人で来るようなところじゃないな。そうだろう、桜井」

桜井はまったく慌てずに答えた。

「ここにいる間に女連れになっちまうことだってできますよ」

なるほど、と安積は思った。桜井は、それを狙(ねら)って、店内を見回していたのだ。刑事の習性などでなくてよかったと安積は思った。

それぞれの飲み物がきて、形ばかりの乾杯をした。別に祝い事があったわけではない。何人かで飲むとき、杯を合わせるのが、いつしか習わしとなっていた。

「あれ……」

須田が、声を落として言った。「あそこにいるの、沢村街(さわむらがい)じゃないか……」

「サワムラ・ガイ……」

安積は聞き返した。

「ええ。最近売れているテレビの脚本家ですよ」

「そうですよ。沢村街だ」

桜井が、そちらの席を見ずに言った。「そして、いっしょにいるのは水谷理恵子(みずたにりえこ)ですよ」

「え……」

須田が思わず、その席を見た。黒木もそれとなく視線をそちらにやる。

黒木のやりかたは、いかにも刑事らしかった。彼は、なにごとも基本どおりにやるタイプだった。

須田は、基本など問題にしない。無視をしているわけではない。先輩たちが作り上げた規範というものを、彼も尊重はしている。

だが、自分に合わないときは、都合よく忘れてしまうのだ。

「水谷理恵子だって……」

須田は高校生のような言いかたをした。「いいなあ。売れっ子の脚本家ともなれば、アイドル・タレントともデートできちゃうんだな……」

安積は言った。

「どうもわからんのだが……」

一同が、安積のほうを向いた。須田などは、捜査会議でいつも彼が見せる、滑稽なくらいの生真面目な表情をしている。仕事の話でもすると思っているようだ。

「どうして、みんな、脚本家の顔なんか知ってるんだ？　脚本家なんてものは、要するに、裏方だろう？」

須田が、嬉しそうな笑顔を見せた。

「チョウさんは、そういうとこ、ほんとにうといんだから……。たまには、テレビを見たほうがいいですよ」

「テレビに出てるのか？　脚本家が……」

「バラエティー番組でね、自分のコーナーを作って出演したところ、えらくうけちまいましてね。今じゃ、週三本のテレビ番組にレギュラー出演してます。そのほか、ラジオの深夜放送のDJに、アイドル歌手の作詞やプロデュースまでやってるんです」

「おまえさん、そういうこと、やけに詳しいな」

「やだな、チョウさん。これくらいのこと、誰だって知っていますよ」

誰だって知っている、か……。安積は思った。自分たちが情報の最先端を担っていたのは、いったいどれくらい昔だったのだろう。間違いなくそういう時代があったのだ。それから、ずいぶんと時がたったようだ。

安積には、ついこのあいだのように思えるのだが、どうやらそう思うことが間違いのようだ。

「それで、いっしょにいる、水谷ナントカというのは何者だ？」

「水谷理恵子。アイドル歌手です。去年デビューしたんですが、そのときに、確か沢村街がプロデュースをしたんだっけな……」

「そう。この春発売になったファースト・アルバムも、すべて、沢村街の作詞でした」

桜井が言った。

「おい」

安積はついに、あきれてしまった。「俺の部下は、刑事だと思っていたんだが、いつの間に芸能記者に転職したんだ？」

「チョウさんが、知らなすぎるんですよ」

「須田、そいつは、刑事の資質にかかわるようなことなのかな？」

須田は、くすくすと笑った。

「もちろん、違いますよ、チョウさん。でもね、今の世の中、本当のヒーローとかマドンナとかがいなくなったでしょう。スポーツの世界でも、当然、政治の世界でも……。しょうがないんで、その代償を芸能界に求めたがるんですよ。今の若い連中は、たいていは芸能通です。それも楽屋話のようなことに詳しいんですよ」

「……なるほどな……」

須田は哲学者だ。本人が気づいているかどうかは別問題として、彼は鋭く人間というものを洞察する。観察し、推理し、見つめ続ける。そして、奇妙なことが起こる。

須田は、たとえば、路上のいき倒れに、そして、年老いた焼死者に、幼い交通遺児に、本気で同情してしまうのだ。

これは、刑事としてはたいへん珍しいといわねばならないことを、安積は知っている。

もちろん、刑事もそうした不幸を目の当たりにすると、当惑する。だが、そうした感情は、仕事の妨げとなるのだ。

刑事は、自分の身を守るために感情を押し殺す。いつしかそれが、習い性になってしまうのだ。

須田にはその必要がなかったのか、それとも、いまだに、自分のなかで戦いを続けているのか、安積にはわからなかった。考えたくもなかった。

そのどちらであろうと、安積には耐えられそうになかったからだ。

突然、ポケットベルの音が響いた。音はふたつ聞こえた。

黒木と桜井がポケットベルを取り出し、スイッチを切った。先にポケットベルを取り出したのは黒木だった。

安積はポケットベルなど持ち歩いていなかった。本来は携帯すべきなのだが、まだ、持っていないがために不都合な目にあったことはない。

須田も持っていないようだ。でなければ、あらかじめスイッチを切ってあるのだ。

「署からです」

桜井が立ち上がりながら言った。彼は、すでに公衆電話を探している。

「きょうの当直は誰だ?」

桜井が席を離れると、安積は須田に訊いた。

「村雨ですよ」

安積は、返事の代わりにうなっていた。

まさか、四人でここに来たのを知って嫌がらせをしているのではないだろうな――安積は、危うく、そう口に出して言いそうになった。

村雨は、須田と同じ部長刑事だ。安積が勤める警視庁東京湾臨海署――通称『ベイエリア分署』の所帯は小さい。

東京湾臨海署の部長刑事はふたりだけなのだ。だが、このふたりは、安積に言わせれば、正反対の性格をしている。

安積は、グラスの中身を勢いよく空けた。

桜井が戻ってきて、声をひそめて三人に告げた。

「変死体です。おそらく、殺人だろうということです」

三人は無言で立ち上がった。このときも、黒木が一番早かった。

安積は、辛うじて、須田に勝った。

店を出るとき、安積は、若手脚本家の沢村街が気になり、彼のほうを見た。

沢村街は、水谷理恵子と話し、屈託なさそうに笑っていた。無邪気とさえいえる笑い顔だ、と安積は一瞬思った。

これから自分たちが駆けつける、殺伐とした、変死体の転がっている現場とは、まるで無縁の笑顔だった。

少なくとも、そのとき、安積はそう感じた。

若者たちは、夜を楽しんでいる。特に彼らは、時代に選ばれた特別な若者たちだ。

安積は、少しだけ沢村街がうらやましいと思った。そして、彼に比べ、黒木や桜井が哀れだと思った。

2

桜井がマークIIの覆面パトカーを運転した。安積はいつものように助手席にすわった。

この覆面パトカーは、コイル状のコードがついた回転灯をサイドウインドウから外へ出し、磁石でルーフに張りつけるタイプだ。

これは安積の好みだった。ボタンひとつで回転灯が屋根の上にあらわれる覆面パトカーも多い。しかし、そうした車は、装置を収納するための余計なふくらみが室内に突き出てしまう。さらに、改造車ということで、8ナンバーをつけなければならない。

これではあまり覆面車の意味がないと安積は考えているのだ。

須田と黒木は、巡回車を署に置いてきていたので、マークIIの後部座席にすわっていた。

誰も口をきかなかった。すぐに現場が見えてきた。

パトカーが、思い思いの恰好で駐車している。救急車やパトカーの回転灯が周期的にあたりに投げかけるまがまがしい赤い光が、ひどく不吉なものを感じさせる。

通りかかった人や、事件に巻き込まれてしまった人々は、みな、恐れ、戸惑い、そして興奮している。一般の市民にとっては、非日常の世界。

だが、安積にとってはすでに日常と化した仕事の場だ。

そこは、普段なら人気のあまりない日の出桟橋に近い、海岸通りの一部だった。

機動捜査隊の連中が、受令機のイヤホンを耳につけて、せわしげに歩き回っている。

鑑識の係員が、カメラのストロボをしきりと光らせ、メジャーで寸法を測り、チョークで印をつけている。

彼らの背中や顔にも、回転灯の赤い光が時折映る。

桜井は、縁石にぴたりとタイヤを寄せてマークIIを停めた。どのパトカーよりも気配りをしているように見えるはずだと安積は考え、密かな満足感を味わった。

だが、そんなことを気にする警察官など、ひとりもいないだろうということも、安積にはわかっていた。

四人は、安積を先頭にして現場に近づいていった。

パトカーのリアウインドウに三田の字が見えた。三田署所属のパトカーということだ。

安積が最初に挨拶をかわしたのは、三田署の柳谷部長刑事だった。彼は、三田署の捜査主任のひとりだ。

「チョウさん。『ベイエリア分署』の助っ人とはたのもしいな」

彼は、安積を『チョウさん』と呼んでいる。東京湾臨海署内でも、安積はそう呼ばれている。だが、警部補であり、役職のうえでは係長の安積をそう呼ぶのは、本当は適当ではない。

本来は、柳谷自身や、須田、村雨などが、そう呼ばれるのだ。ベイエリア分署の規模があまりに小さいために、本来ならばたいへんにうるさいはずの警察の階級意識が、曖昧になってしまっているのだった。

安積は、そのことをまったく気にしていなかった。柳谷にこたえた。

「いやだと言っても、引きずり出されちまうんだ」

「たまげたな。チョウさんの言葉とも思えない……」

「俺はそんなに仕事熱心に見えるか？」

「そうだね。少なくともこの仕事が好きなようには見える」

安積は、後ろで三人の部下が聞き耳を立てている気配を察知した。彼は、それ以上その話題に触れないことにした。

「変死体だそうだが……」

柳谷はうなずいた。彼は、自分の背後を親指で示してから言った。

「路上駐車していた車のなかで発見された。あそこの白いベンツだ。被害者の名前は、瀬(せ)田守(たまもる)、年齢は五十六歳で……」

黒木と桜井が慌てて手帳を出して、メモを取りはじめた。

安積は言った。

「ちょっと待ってくれ。今、被害者と言ったな。殺人事件として成立したのか」

「鑑識が来るまでは、ひかえめにしゃべっていたがね、一目で殺人とわかるよ。続き、聴きたいかね？」

「ああ……。頼む」

「職業は、脚本家だ。あまり聞かない名だから、それほど売れていなかったのかもしれない」

「売れていないのに、ベンツなのかい？」

須田が、目を丸くして言った。

「ああいう職業の人間は、見栄(みえ)を大切にするんだよ。借金で首が回らなくなっても、身の回りを飾りたてずにはいられない。なぜか、落ち目になった人間ほどそうだ。ちなみに、被害者が、どんな時計をしていたか、わかるか?」

「カルティエ?」

須田が言った。

「当たりだ」

「それだけ身元がはっきりしているということは、所持品がかなり残っていたということだな」

安積警部補が尋ねた。

「財布、名刺入れ、ぱんぱんにふくらんだシステム手帳……。こういったものは、残っている。物取りの線は考えにくい。何か特別なものを盗んだというなら別だが……」

「何か特別なもの?」

思わず、安積は聞き返していた。須田が言った。

「犯罪組織の秘密を暴いたドキュメンタリーの原稿とか……?」

柳谷は、複雑な笑いを浮かべた。今の須田の言葉を楽しんでいるようにも見えるし、ばかにしているようにも見える。彼は言った。

「たいした想像力だな。刑事より、作家かなにかのほうが向いているかもしれない」

刑事がこういう言いかたをするときは、たいてい、相手をばかにしているのだ。

安積は、おもしろくなかったが、そのとき言い返す適当な言葉を思いつかなかった。

彼は、その場を離れることにした。

「被害者を見てくる。あとのことは、その想像力豊かな須田に教えてやってくれ」

安積は、桜井に合図をして白いベンツに近づいた。

黒木は、須田と残って柳谷の話を聞き、生真面目にメモを取っている。

彼は、いつどこでも、自分の役割を心得ているように見えた。

三田署の鑑識係員と、ベイエリア分署の鑑識係員が、ベンツの脇(わき)で立ち話をしていた。

安積は、その姿を見て、専門家同士というのは特殊な共感を持ち合えてうらやましいと思った。

刑事同士だと、ともすれば縄張りとか、強すぎるライバル意識を抱いてしまいがちだ。

ベイエリア分署の鑑識係員が、安積を見てうなずきかけた。

彼は、石倉進(いしくらすすむ)警部補。鑑識係長だ。ベテランの鑑識係員で、安積は、石倉警部補を信頼していた。彼は、安積たちの無理難題に対して、すばらしい成果を常に示してくれる数少ないプロフェッショナルのひとりだ。安積は、ときどき、彼に尊敬の念を感じることすらあった。

そのすぐそばに、村雨部長刑事がいた。彼は、安積に近づいてきて言った。

「三田署の鑑識が、ホトケを運びたがったんですが、係長が来るまで待たせておきました」

安積はただうなずいただけだった。

村雨は、有能な刑事であり、優秀な警察官だ。

これは、いろいろなことを物語っている。たとえば、須田は、安積に言わせれば、有能な刑事ではある。しかし、誰が見ても、優秀な警察官ではあり得ないのだ。

安積にしてみれば、村雨の物言いややりかたは、あまりに杓子定規だった。

しかし、警察ではそれくらいのほうが得をすることが多い。

「こっちです」

村雨が、ベンツの左側のドアに歩み寄り、言った。

私だってベンツのハンドルが左にあることぐらい知っている――安積は心のなかでそうつぶやいていたが、まったく別のことを口に出した。

「大橋はどうした?」

大橋武夫は、いつも村雨と組んでいる若手の刑事だ。階級は巡査で、年は二十七歳だった。

「機捜が目撃者を見つけたというんで、そちらに行かせました」

「目撃者がいたのか」

「正確にいうと、殺人現場の目撃者ではなく、容疑者と思われる者が逃走するところを目撃した人間らしいのですが……」

「わかった。ここはもういい。おまえさんも、そっちへ行ってみてくれ」

「はい」

村雨は、犬のように従順だった。問題は、彼が、大橋にもそう教育しているらしいという点だった。

安積は、左側のドアから、白いベンツのなかを覗き込んだ。

殺人現場ではお馴染みの臭いのひとつが鼻を衝いてきた。糞尿の臭いだ。

突然の死を迎えた者は、ほとんど例外なく、糞尿を垂れ流しにする。うら若き乙女も、汚れた浮浪者も同じだ。その他、多くの場合、殺人現場にはおびただしい血のとろりとした臭いがするし、吐瀉物が残っていることも多い。吐瀉物は、生きている間に恐怖のために吐き戻すのだ。

脇から、ベテラン鑑識係員の石倉が覗き込み、説明した。

「絞殺だね。はっきりと斑が現れている。組織の標本が取れれば、絞めた物の繊維か何か、見つかるかもしれない」

安積は、無言でうなずいた。

被害者は、うつろな眼でフロントガラスを見つめている。安積は、死体の眼というものにいつかは慣れる日がくるのだろうかと思った。

モスグリーンのスポーツジャケットに、白いシャツ。ネクタイはしていない。

ジーパンに白いスニーカーをはいている。髪は長く、髭がうっすらと伸びている。

男は、腹が突き出て、だらしのない体形をした中年だ。この服装は似合ってはいなかった。

首には、明らかに爪で引っ掻いたとわかる傷が、三本、残っていた。首を絞められたときに、苦しみから逃れようと、自分で引っ掻いたのだ。顔には、苦悩と驚きの表情が残っていた。

死体はたいてい無表情になる。だが、この被害者は、わずかに表情を残していたのだ。

安積は、白い手袋をしてから、車の反対側に回り、助手席のドアを開けた。

死体の首の反対側にも、三本の引っ掻き傷があった。

安積は、その位置から車のなかを見回した。反対側のドアから、桜井が死体を観察している。

日に焼けて色が変わったスポーツ新聞が、何紙か助手席に放り出されている。

カセットテープも、段ボールの箱のなかに無秩序に詰め込まれていた。

後部座席には、アメリカの大工がよくかぶっている赤い帽子や、全国の道路地図、大小の封筒、書物、写真などが散らかっている。

この被害者は、およそ、整理とか掃除とかいったことと無関係らしい、と安積警部補は思った。

――うちの黒木が見たら顔をしかめるかもしれない。

このありさまだと、助手席に女性を乗せることなど、ここしばらくなかったに違いない。

安積は、カセットテープが入った箱を取り出した。

カセットテープのほとんどは、レコード会社が放送局などに配る音見本だった。

放送局には、この手のテープや見本盤と称するコンパクトディスクなどがあふれている。

局のディレクターたちは、その処分に困り、欲しがる知人には喜んでごっそりと引き渡すのだ。

被害者は、テレビ局やラジオ局のディレクターからカセットテープをもらっていたのだろう。

安積はテープに貼ってあるラベルを見た。ほとんどが、英語のタイトルだった。

安積もビートルズやローリングストーンズを好んで聞いた時代がある。

今の若者に誇れるのは、ビートルズのデビューや初来日といったイベントに、同時代的に立ち会ったことだ。

だが、カセットテープのラベルにはお手上げだった。

彼は桜井を呼んだ。

「どんな種類の音楽かわかるか？」

桜井は、箱のなかを、慎重にかきまわした。

「一時期、ブラックコンテンポラリーと呼ばれていたジャンルが多いですね。略してブラコンなんて言ってました。リズム・アンド・ブルースやラップもあるな」

「ひとつだけでも、私に理解できる言葉があってうれしい。リズム・アンド・ブルースというのは、まだ死語ではないのだな。ブラコンとかラップというのはなんだ？」

「ブラコンというのは、黒人の音楽のなかでも都会的な感じのものをいいます。甘いバラードが多いですね。ラップというのは、逆に、リズムに合わせて、台詞を乗せていくようなものをいいます。まあ、言ってみれば、黒人版秋田音頭ですね」

「共通するのは、黒人の音楽、という点か？」

「そうですね。でも、本人が好きで聞いていたのかなあ……」

「どういうことだ？」

「どれも、女の子をその気にさせるためによく聞かせる音楽なんですよ」

「つまり、車に乗せて、このテープをかけて、口説くと……」

「ええ。ベンツですからね。成功率は低くなかったかもしれませんよ」

今の男女の仲は、そんなに安易なものになっているのか？　安積は思った。

それにしても、桜井は、芸能人のことから、音楽のジャンル、若者たちの風俗のことまでよく知っているものだ、と安積は少しばかり感心していた。彼は、いったい、いつそういう情報を仕入れるのだろう。桜井も安積と同じく、年がら年中仕事に追われているはずだ。

このあたりが、若さの強みかな、と安積は考えていた。

忙しくて疲れ果てていても、まだ、遊ぼうという気力を持ち続けられる。それが、若さだ。

安積は、グラブコンパートメントを開けた。桜井は、カセットテープが入った箱をかかえたまま、また、車の反対側へ回った。

グラブコンパートメントのなかには、汚れた布が丸めて押し込んであった。

これは、安積にも経験がある。窓を拭くための布なのだ。東京都内を走る車の窓には、一日で、黒い煤がうっすらと被膜のようにこびりついてしまう。

赤い透明プラスチックを先端にかぶせた懐中電灯がひとつ。

車検証と整備ノートが、ビニールのカバーのなかに収まっている。からになったガラスの曇り止めスプレーの缶。

それが、グラブコンパートメントの中身だった。

そのなかが、この車のなかで一番片づいているように見えた。

安積は、もう一度車のなかを見回して、体を引き、ドアを閉めた。

ようやく、悪臭から離れることができて、安積はほっとした。

村雨が、大橋を連れて戻ってきた。相変わらず、大橋は、無表情だった。

「……それで、目撃者というのは……？」

安積は訊いた。

村雨がこたえる。

「このそばにある、『Tハーバー』というバーの厨房職員なんですがね。名前は、木島純一、年齢は三十一歳――そうだったな？」

村雨は、大橋に確かめた。大橋は、手帳を見ながらうなずいた。

「何を見たって？」

「若い男が、走り去るのを見たというのです。車のドアが閉まる、ばたんという音を聞いて、そちらを見ると、その男が動転した様子で走っていったということです」

「顔を見ているのか?」

「ええ。一瞬でしたが、見ているということです」

「それで、覚えているというのか?」

「店で何度か見かけている顔なんだそうです。あまり、質(たち)のよくない若造で、女を引っ掛けるのが目的で、店でとぐろを巻いていることがあったと言ってます」

「おい」

安積は、思わず、言った。「長年、苦労をしていれば、いいこともあるもんだな。こいつは、嘘(うそ)みたいについてるじゃないか」

「ええ、チョウさん、そうなんですよ。三田署の連中も、楽勝だと言ってます」

須田と黒木のコンビが駆けてきた。

須田は、よたよたとおぼつかない足取りに見える。となりの黒木が、あまりに颯爽(さっそう)としすぎているせいだ。

黒木は、マラソン選手のようにバランスのとれた走り方をする。黒木と比較される須田がかわいそうというものだ。

安積は、そう思い、ひとり密かに心のなかで失笑していた。

須田は三十一歳で、黒木が二十九歳だ。実際には二つしか違わないのに、その三倍ほどの差があるように見える。

須田が言った。

「なんだか、脚本家に縁のある夜ですね」

3

安積、須田、黒木、桜井の四人は、早い時間に退出したのに、また、署に戻るはめになった。

明日になれば、三田署に、捜査本部ができるだろう。

それまでに、各自が聞き込んだ事実を照らし合わせておく必要があったのだ。

いや、本当に必要があったのだろうか——安積は、署の駐車場に着いたマークIIから降りて、そう思った。

私たちは、単に、いっしょに署に戻りたかっただけかもしれない……。

刑事捜査課は、二階の公廨の奥にある。公廨というのは、大部屋のことで、本来は役所の意味だ。

公廨へ行くには、二通りの道がある。正面玄関から入り、一階の奥にある階段を上るか、駐車場のすぐそばにある非常階段を行くかのどちらかだ。安積はいつも、非常階段を使う。

鉄製の非常階段に足を乗せたとき、潮の香りを嗅いだ。

安積はいつも不思議に思う。署に戻り、この階段を上ろうとすると、こうして不意に潮の匂いがすることがあるのだ。いつもとは限らない。その点が不思議なのだ。

風向きや天候のせいかと考えたこともあったが、どうやらそういうことは関係ないようだった。

他の同僚たちもそうなのか、訊いてみたい気もしたが、なぜかこれまで、誰にも尋ねたことはなかった。何か、自分だけの大切な儀式のような気がしないでもなかったのだ。

東京第一方面本部の二十番目の新設警察署である東京湾臨海署——通称『ベイエリア分署』は、台場のお台場運動公園の近くにあった。

日本の警察には、分署という組織はない。

それに近いものとしては、機動捜査隊員たちが二十四時間、交替で詰めている、分駐所というのがある。

しかし、東京湾臨海署は、分駐所ではない。れっきとした警察署なのだ。

だが、『ベイエリア分署』あるいは、『湾岸分署』という名は、会議の席でも通用するくらい一般的になっていた。

規模があまりに小さく、庁舎がみるからに間に合わせという感じを与えるせいだった。

東京湾臨海署は、東京都の『臨海副都心構想』を睨んで、設立されたのだった。

東京湾は未来の地域だ。「有明北」「有明南」「青海」そして、『湾岸分署』のある「台場」の四つの地区は、居住人口六万人の副都心として発展していく予定になっている。

東京湾臨海署も、こうした地域の発展にともない、本格的な庁舎の建設や、組織・人員の拡充が行われることになっていた。

総務、会計、警ら、刑事捜査など、多くの課が机を並べる公廨と同じ広さを、一階では、交通課だけで占めていた。

交通課、特に、交通機動隊は、ベイエリア分署の花形だった。

東京湾臨海署は、急速に開発が進み、発達していく湾岸道路網のために作られたという一面を持っているからだ。

湾岸一帯の高速道路網が整備されることによって、既存の警察署では対処できない犯罪が増加する恐れが生じてきたのだった。

ベイエリア分署の交通機動隊は、トヨタ３０００ＧＴスープラのパトカー隊と、米国ホンダから逆輸入したＧＬ１５００の白バイ隊を持ち、管区の境界はおろか、県境をも越えて疾走する。

スープラのパトカー、そして、一五〇〇ccでバックもできるというモンスター・バイク、ＧＬ１５００の白バイは注目を浴び、暴走族などには恐れられた。

境界を平気で越えるというのは、ハイウエイ・パトロールの伝統だ。

全国のパトカーは、警察署に属しており、その管区内を滅多に出ないが、高速道路を走るパトカーだけは例外だ。

ベイエリア分署はそういった伝統を受け継いでいた。

それは、交通機動隊にとっては合理的だった。しかし、安積警部補のいる刑事捜査課などは、その伝統のせいで、あまり面白くない思いをしていた。

管区が、旧来の警察署と重なることが多いのだ。さらにいえば、ベイエリア分署の刑事捜査課は、どこの署の管轄であれ、東京湾岸一帯で起きた事件には、必ず引っ張り出されるのだった。

そして、犯人検挙は、たいていの場合、既存の警察署が行う。

三田署の柳谷捜査主任が『助っ人』と言ったのはそういう意味だった。

二階の大部屋のなかは、二十四時間、人の絶えるときがない。外勤の制服警官たちが、出入りしている。

彼らは、たいていひどく酔っぱらった男女や、派手な恰好をした未成年、年をごまかそうと濃い化粧をするがために、たいへん不気味な印象を与える街娼などといっしょにいた。

その他、夜回りと称して、主に刑事捜査課の周囲をうろつく新聞記者や、放送記者の姿もある。

刑事捜査課と他の課の間に仕切りや壁があるわけではない。

あるとすれば、刑事たちの独特の雰囲気が作り出す、見えない壁だ。これは、安積が、外勤の制服警官をやっていたとき経験している。

刑事捜査課は、確かに見えない壁で仕切られており、よその課の連中にしてみれば近づき難い気がするのだ。

今、安積は、その当時と逆の立場になってみて、なるほどなと思う。

近寄りがたい雰囲気というのは、自分たちの城を守るための演技という要素も大きい。

夜の十一時。刑事捜査課のすべてのメンバーが、顔をそろえてしまった。

いや、ひとりだけぬけていたな……。安積はふと思い出した。町田課長がいない。

町田課長は、五十歳の警部だ。警部ともなれば、捜査に参加したり、現場に出てきたりすることは、滅多になくなる。

警部というのは、警察機構のなかでは、中間管理職に就かねばならない階級なのだ。

もちろん、警察というのは、いろいろなタイプの人間が集まるところだから、現場に顔を出したがる警部がいないわけではない。だが、町田は典型的な管理職タイプだった。

彼がいてもいなくても、捜査には、何の影響もない。

口には絶対に出さないが、安積はそう思っていたし、部下が、そう考えているのも知っていた。

須田、黒木、村雨、大橋、桜井――部下のすべてが、安積の机を囲んだ。

安積は、椅子に腰かけ、メモを見ながら、頭のなかを整理した。

「それで……」

彼は顔を上げぬまま言った。「被害者のことをもう一度詳しく聞かせてくれるか?」

「はい」

須田が言った。「瀬田守、五十六歳。職業は、テレビ、ラジオの脚本家です。住所は……」

瀬田守は、世田谷区成城に住んでいた。地価高騰の嵐が吹き荒れたのちの今となっては、サラリーマンや公務員が自宅を建てることなど、望むべくもない高級住宅街だ。

「家族には、誰が知らせにいったんだ?」

「三田署の柳谷主任が、俺たちと話したあと、すぐに向かいました」

柳谷が、口や恰好だけの男でないことは、安積も充分に承知していた。おいしいところだけをうまくさらって行くような男でもない。事実、彼は、刑事が一番いやがる役目を誰にも押しつけなかった。

「現場から逃走する男を目撃したという話は?」

村雨が、手帳を見ながら、慎重に報告を始めた。

「目撃したのは、『Tハーバー』というバーの厨房係。木島純一、三十一歳。煙草を吸いに、表へ出たときのことだったそうです。車のドアを閉める音が聞こえ、そちらを見たら、あの白いベンツが見えたと言っています。そして、その車のそばから走っていく若い男を見たというわけです」

「へえ……」

須田部長刑事が、思わず、声を上げていた。「そんな話があったんだ。こりゃ、スピード解決もあり得ますね、チョウさん」

「……そう願いたいな」

安積は、村雨を見て、先をうながした。村雨は、報告を続けた。

「須田。もっとうれしい話をしよう。この目撃者は、逃走した男に見覚えがあったと言うんだ。なんでも、『Tハーバー』に、たまにやってくる客だったらしい。ナンパが目的だったらしいが、な」

「チョウさん、今回は、俺たち、出番ないかもしれませんね」

須田が言うと、安積は、思慮深げな顔でうなずいて見せた。

だが、実は、何も考えてはいなかった。須田と同じことを願っていたと言ってもいい。

安積は、桜井に尋ねた。

「遺体を見て何か気がつかなかったか？」

「ずっと気になっていたんですが、どうしてあんな姿勢で殺されていたのでしょう？」

「あんな姿勢……？」

須田が、尋ねた。「何か妙な姿勢だったのか？」

「いえ、その逆です。ホトケさんは、運転席にすわり、ハンドルに向かった状態で死んでいました。首に残った痕(あと)を見ましたが、ちょうど、真後ろの席から紐(ひも)か何かで絞められたような状態でした」

「じゃあ、そうだったんだろう」

村雨が、つまらなそうに言った。

この男は、上の言うことは熱心に聞くが、下の者の言葉には、本気で耳を貸そうとしない傾向がある――そう安積警部補は感じていた。

安積は、考えながら言った。今度は本当に考えていた。

「突然、襲われたのなら、絶対にああはならないということだな……」

「そうです。考えられるのは、実行犯が、後ろの座席に隠れていた場合。もうひとつは、被害者は、犯人が後ろの座席にいるのを知っていたが、自分の首を絞めるなどとは、夢にも思わずにいた場合……」

「いずれの場合も……」

須田が言った。「犯人は、被害者のことをあらかじめ、よく知っていたという可能性が大きいですね。被害者が、金を盗られていないという点も、それを裏付けているように思えますね」

今度は、村雨も慎重になった。

「犯人と被害者は、顔見知りだったと……？」

桜井が、こたえた。

「充分に考えられますね。ベンツのなかは、えらく散らかってましたけど、争ったようなあとはみられませんでした」

「殺したあとで片づけたんじゃないのか？」

村雨が言った。

「いいえ。そういう感じじゃありませんでしたね。日に焼けた新聞が、そのまま長時間放置されたように、放り出されていましたし、後部座席の荷物もそんな感じでした」

「後部座席の荷物？」

村雨は、眉をひそめた。「おい、実行犯は、後部座席にいたと言わなかったか？」

「そういうふうに見えると言いました」

「犯人は、その散らかった座席にすわっていたということになるのかい？」

桜井は平気だった。

「そういうことになるかもしれません」

「すわるときは、少なくとも、自分の席くらいは片づけるもんだ。違うか？」

「さあ……。たいていはそうでしょうが……」

桜井はまだ、落ち着きはらっていた。安積は、桜井にエールを送りたくなった。

安積は言った。

「その点については、鑑識の報告を待ったほうがいい」

村雨と桜井は、即座に納得した。

安積は、村雨のとなりにいる大橋に尋ねた。

「何か、特に言いたいことはあるか？」

大橋は、首を横に振った。

「いいえ。ありません」

安積は、大橋が日増しに無口になっていくような気がしていた。

気のせいかもしれなかった。

だが、事実なら、上司として何か考えなければならないと思っていた。安積は、うなずいてから、黒木を見た。

「おまえはどうだ？」

黒木も大橋と同様に首を横に振った。

「別に、今のところは、これといって……」

大橋と同じことを言っているのだが、こちらはずいぶんと印象が違った。

発言に自信が感じられる。必要なときには、必ず発言するとわかっているからだ。

おそらく、すでに、三田署の柳谷主任から聞いた事柄に関しては、須田と充分に話し合ったに違いないと安積は思った。

たとえ、黒木が黙っていたがっても、それを許すような須田ではない。

安積もずいぶんと経験している。疲れ切ってうんざりしているようなときでも、知らないうちに、須田には、話に引き込まれてしまう。知らぬうちに、彼と議論をしているのだ。

ふと気づくと、須田は、訳知り顔の笑いを浮かべていたりする。

それは、ほんの一瞬のことだが、安積にはそう見えることがある。

そんなとき、安積は、またしても驚かされるのだった。

「鑑識ならまだ残っているだろう」

村雨が食い下がろうとした。ただ、仕事に対して熱心なだけかもしれないが、今の安積にはそう感じられた。「ちょっと行って訊いてきましょうか？」

安積は言った。

「いや、明日でいい」

「だから、その席上で確認すればいい。捜査本部は、仲間を出し抜くための場所じゃないんだ」

あるいは、村雨にとってはそうなのかもしれないと思いながら、安積は言った。

「わかりました」

村雨は、反感を表情に出さずに言った。

この男は、演技がうまいのだろうか——安積は思った。

それとも、本当に反感など抱いてはいないのだろうか。

そうなのかもしれない、と安積は考えた。私は村雨に関しては、勘繰りすぎるようだ。

「村雨」

安積は言った。「明日の朝は、三田署へ直行してくれないか」

村雨は、すべて心得た、というようにうなずいた。

「わかりました」

おそらく、彼は本当に何もかもを心得たのだ。つまり、捜査本部が設置されるまでの、政治的なやりとりとか、事務的な手続きとかに参加することを承知したのだ。

「大橋、おまえさんは、こっちのほうに出てきてくれ」

安積が言うと、ほんの一瞬だが、村雨が意外そうな顔をした。

安積は、村雨に説明した。

「おそらく連絡事項や、書類がわんさと届くだろう。そいつを大橋に伝え、おまえさんに届くようにするから」

村雨は納得したようだった。

「きょうは解散だ。捜査本部ができたら、また人数を割かなくちゃならない。明日からは忙しくなる」

刑事たちは、部屋を出ていった。

4

安積が青葉台のマンションに戻ったのは、午前一時過ぎだった。

安積の部屋は三階にある。エレベーターホールに人影はなかった。

エレベーターの手前に、ステンレス製の郵便受けが並んでいる。安積は、習慣でその蓋を引き開ける。薄っぺらなステンレスが妙に空虚な音を立てた。なかには、夕刊とダイレクトメールの類、数種のチラシとコールガールのクラブの電話番号を書いたカードが入っていた。

郵便受けの名前の脇に、職業も書いておこうかと考えた。

しかし、それは得にはならないことは、よくわかっていた。たまには、息抜きにコールガールでも呼ぶほうが気がきいているに決まっている。

安積は、郵便受けの一番底に、まだ、何かが残っているのに気づいた。

絵はがきだった。こういったものを、誰からももらわなくなって、ずいぶんとたつ。

青い海にたくさんのウインドサーフィンのセイルが映っている。海外からの絵はがきだ。

裏返してみた。若者特有の字だった。丸文字とかマンガ文字と呼ばれているものほどひどくはないにしろ、それに近い特徴がある。娘の涼子からの便りだった。

娘は、かつて妻だった女と、海外旅行をしているという。絵はがきはオーストラリアから投函されていた。どうして女たちというのは、自分に比べ、いつも明るく、元気なのだろう。

ふと、安積はそんなことを考えていた。

ダイレクトメールや夕刊を脇にかかえ、絵はがきだけを手にしてエレベーターに乗った。

マンションの部屋は、ひどく冷たい感じのする闇で満たされている。

だが、いまさら、そんなことは気にはならない。そういう感傷とは縁を切っている。

玄関を入ると、すぐ右側に洋室がある。かつて、涼子が使っていた部屋だ。

今は誰も使っていない。

そのまま、まっすぐ行くと、リビングとダイニングキッチンに出る。

安積は、リビングルームの明かりをつけた。サイドボードの上に涼子の写真が飾ってある。

ずいぶん昔の写真で、涼子はまだ小学生か中学生だった。どっちだったかは、覚えていない。

安積の結婚生活で、残されたのは涼子と、今住んでいるマンションの一室だけだ。

このマンションは、二十年ほどまえに買ったものだ。3LDKのマンションだ。今ではとても買えない。当時でも、そうとう無理をして買ったのだ。安積は、今でもローンを払い続けている。

どうせひとり暮らしなのだから、マンションなど売ってしまって、もっと楽な生活をしたらどうかと勧める知人も多かった。だが、安積はこのマンションを失いたくなかった。

そして、現在、またこの部屋が必要になるかもしれないという、ひそかな予感をいだいていた。実際、それは、期待ではなかった。むしろ、不安に近かった。今、右手にある絵はがきが物語るように、かつての妻と安積の仲は、改善の兆しが見えはじめていた。

間を取り持ったのは、娘の涼子だった。涼子は、最近、ひとり暮らしを始めたという。

つまり、三人の親子は、すべてひとりになったわけだ。ひとりになって考えるのは悪いことではない。安積も、今は、かつての妻に憎しみは抱いていない。熱烈に愛せと言われても無理だが、もっと淡い特別な感情なら持てそうな気がしはじめていた。いや、そういう気持ちになりたいという願望かもしれないが、少なくとも、別れねばならなかった理由は、なくなっている。

安積の側には、ない、と言い切れそうな気がしていた。

だが、二人の関係が好転することと、親子三人が、またいっしょに暮らし始めるのとは別問題と言うしかなかった。そのことは、安積もよく理解していた。

このマンションに、また、家庭を築く——それは、冒険に違いなかった。

今度、失敗したらもう、今の状態にすら戻れないだろう。

安積はその冒険を恐れていた。

では、何のためにこのマンションの部屋を残しているのか——そう問われても、安積には答えようがなかった。このまま起きていると、また酒を飲みそうだった。

飲めば、確実に明日の朝がつらくなる。安積は、すぐにベッドに入ることにした。

まあ、いい。彼は思った。今夜は、絵はがきのせいで、いくぶんか気分がいい。

安積はベッドに入ると、たちまち、眠りに落ちた。

朝、署へ出ると、安積はまず町田課長に昨夜のことを説明した。

課長は、いつも、衝立で仕切られた課長室に収まっている。

よく安積をその、部屋とも呼べないような部屋に招き入れるが、他の刑事とはあまり話をしたがらない。部下を恐れているのかもしれない。安積は、そう思うことさえあった。

安積だって部下の考えていることは気になる。特に、かつて『新人類』と呼ばれた世代の大橋と桜井の眼は要注意だと思っている。しかし、上司が部下を怖がる必要はない。

なぜ、恐ろしいかが問題だ。理解しがたいものが常に恐ろしいのだ。

大切なのは、理解しようとする姿勢なのだ。確かに、警察というのは、一般の企業とは違う。だが、その点に関しては、事情は変わらないはずだ。安積は、そう思っていた。

「それで……」

黙って安積の説明を聞いていた町田は、聞き返した。「誰か三田署に行っているのか？」

「村雨が行ってます」

「しかし、おかしいな……」

「何がです？」

「殺人事件の捜査本部となると、本庁から、もう何か言ってきてもいいころなんだが……」

「この事件に関して、まだ何の知らせもないんですか？」

「君から初めて聞いたよ」

「そいつは確かに妙ですね……」

いつもなら、町田は情報だけは誰よりも早く手に入れるのだ。

そうしておいて、安積に詳しい説明を求めるのが常だった。

薄いドアがノックされた。

町田が返事をすると、桜井が、顔をのぞかせた。

「あの……、係長に電話です。村雨さんから」

安積は町田課長を見た。課長はうなずいた。行っていいという意味だ。

安積は、自分の席に戻り、机の上の電話を取った。

「安積だ」

村雨の、彼らしくない当惑した感じの声が聞こえてきた。

「あ、係長。なんか、妙なことになっているんです」

「妙なこと？　何だ？」

「昨夜の事件の容疑者が、三田署に逮捕されていたんです」

「どういうことだ？」

「須田の言っていたスピード解決というやつですよ。詳しくは、署に帰ってから説明します」

「捜査本部は必要なくなったというわけか？」

「今のところ、本庁と三田署ではそう考えているようです」

「おまえさんは、どう思うんだ？」

「別に異論を差し挟む必要があるとは思えませんね」

「わかった。すぐ戻ってきてくれ。詳しい話を聞きたい」

「はい」

村雨は、安積が電話を切るまで待っていた。そういう気配りにうるさい男だった。

四人の部下たちが、安積に注目していた。安積は、説明した。

「昨夜の脚本家殺害の件だが……。容疑者が、三田署に逮捕されていたそうだ」

「容疑者って、あの何とかいう店の厨房係が逃げるところを目撃したという男ですか？」

須田が、丸い顔のなかの目を丸くして尋ねた。安積は、うなずいた。

「おそらくそうだろう。村雨が帰ってきたら詳しい話が聞ける」

須田が、いつもの、滑稽なくらい深刻な顔をしている。

小学生が、秘密を共有するときのような表情だ。彼は、会議や打合せとなると、そういう顔をしなければならないと信じ込んでいるように見えた。

黒木は、表情を変えない。今も、安積のほうを見て、身動きもせずに、じっと聞き耳を立てている。獲物を狙うしなやかな肉食動物を連想させる。豹とかピューマといった美しい獣だ。

桜井と大橋は、そっと顔を見合わせた。このふたりは、別にことさらに仲がいいようには見えない。だが、確かに、彼らはある種の共感を感じあっているようだ。年齢はほとんど同じで、同じような境遇にある。だが、そういったものからくる連帯感とはまた別のもののようだ。

そして、それを表に出すことを嫌う。彼らの世代の特徴なのかもしれなかった。

とにかく、村雨が戻るまで何もわからない。安積は、たまっている書類仕事を始めた。

部下たちは、無言でそれに倣った。

「三田署の交通課と警ら課の連携プレイなんですがね……」

ベイエリア分署に戻ってきた村雨は、さっそく報告を始めた。「ベンツを駐禁で取り締まろうとした交通課の連中が、例の死体を発見したわけですが――」

安積は、思わず顔を上げていた。彼はまわりの部下たちをそっと見回した。

部下たちは村雨に注目している。誰ひとり、今の発言にひっかかりを感じた者はいないようだった。

安積は、自分がそのことをまだ知らなかったことに気づき、少なからず、ショックを受けた。

第一発見者を確認するのは捜査の基本だ。安積は、遺体の第一発見者を今の今まで知らなかったのだ。四人の部下たちは、みんな、それを知っていたようだ。

ミスや失敗は誰にでもある。だが、それが許されない立場の人間もいる。

部下たちは、安積が、当然第一発見者を知っているものと思っているようだ。

村雨の話し方からしても、それはわかる。安積はこのまま黙っていることにした。

犯罪者の気分がわかるような気がした。

「――三田署は、連絡を受けて、すぐ本庁に緊急配備の要請をしたのです。付近の各移動、および、外勤警官が、緊急配備の体制に入りました。三田署警らの巡査が、挙動不審の男を職務質問しようとしたところ、その男が逃げだしたので、追跡、取り押さえようとしました。その際に、男が、暴力で抵抗しようとしたので、公務執行妨害の現行犯逮捕をしたわけです」

「その男が、殺人の容疑者だったの？」

須田が、例の真剣な表情で尋ねた。村雨はうなずいた。

「三田署へ連行していったときは、あくまでも公務執行妨害だ。しばらくするうちに、殺人現場からの情報が署に入りはじめる。『Tハーバー』の厨房係の供述も届いた。そうしたら、その公務執行妨害の犯人が、殺人現場から逃走した人物と人相風体が一致するということになったわけだ。そして、あらためて、追及したところ、殺人を自白したということだ」

「動機は？」

安積が尋ねた。村雨は首を横に振った。

「まだ、取り調べの途中なんですよ。これ以上のことは聞き出せませんでした」

「容疑者は何者なんだ？」

「ええ……」

村雨は、あらためて手にしていた手帳に目を落とした。「奥田隆士、二十六歳。板東連合傘下の風森組に出入りしているチンピラです。準構成員ですね。もと暴走族で、組の遣い走りなんかをやっていたようですね。『Tハーバー』の厨房係、木島純一の、供述にもあるとおり、ウォーターフロントあたりで遊び歩いていたようですね」

「被害者との関係は？」

須田が訊いた。

「いや、そういうことはわからない」

村雨は、安積のほうを向いた。「それでですね。一応、容疑者も逮捕されていることだし、捜査本部を作るまでもないだろうということになっているんです」

「やっぱ、出番なしでしたね、チョウさん」

須田が言った。

「そうだな……」

安積は、村雨に言った。「ごくろうだった」

一同は、席に戻った。

電話が鳴った。桜井と大橋がほぼ同時に受話器を取った。大橋のほうに回線がつながった。

タッチの差で大橋の勝ちだった。大橋は、相づちを打ちながらメモを取る。

一人前の刑事らしい姿だった。受話器を置くと、大橋は、安積に向かって言った。

「築地七丁目で、隅田川に係留してあった船に火災が発生したそうです。築地署と水上署が行ってるそうですが、うちからも応援がほしいということです。放火の疑いがあるそうで……」

「わかった。須田、黒木といっしょに行ってやってくれ」

須田は、精一杯きびきびと立ち上がった。しかし、そのときにはすでに黒木は、出口に向かおうとしていた。

須田は、黒木のあとを一生懸命に追いかけていった。

多忙な刑事たちの一日が始まったのだ。

安積は、須田の後ろ姿を見て、何かが気になっていた。

須田が、ひっかかることを言ったような気がしてしかたがないのだ。

思い出そうとしていると、町田課長に呼ばれた。安積は、衝立で仕切られた部屋に入った。

「今、本庁の捜査一課から連絡が入った。スピード逮捕だったんだってな」

「はい。三田署は、ついてました」

「経緯を説明してくれるか?」

安積は、村雨から聞いたばかりの話を、町田課長に報告した。

話しているうちに、安積は奇妙な気分になってきた。事件が解決したとは思えなくなってきたのだ。

話し終えるころには、その気持ちは確固としたものになっていた。

考えてみれば、それは奇妙な気分でも何でもなかった。

被害者と容疑者の関係も、犯行の動機もまだわかっていないのだ。一件落着という気分になれるはずがない。

だが、町田課長にとっては、充分だったようだ。彼は、うなずいて、「わかった」と言った。

安積は課長の部屋を出た。自分の席に戻ると、村雨を呼んだ。

村雨が、安積の席の脇にやってきた。

「何です？　係長」

「悪いが、もう一度、三田署へ行ってくれないか。大橋を連れて行っていい」

「どうかしたんですか？」

村雨は、課長の部屋のドアを指差した。課長に何か言われたのか、と尋ねているのだ。

「いや、そうじゃないが、事件の決着を見極めたいとは思わんか？」

「……私ら、推理小説の読者じゃありませんからね……」

村雨は苦笑した。片づいたと思った仕事を、また蒸し返されたような気分なのだろう。

安積も、その気持ちはわからないではなかった。

だが、もし、これが須田ならどう言うだろうと考えずにはいられなかった。安積は、何の感情も表さずに言った。

「容疑者と被害者の関係、犯行の動機、せめてそれだけはつかんでおきたい」

村雨はちょっと考えてから言った。

「そうですね。じゃあ、行ってきます」

大橋が立ち上がった。村雨は、自分の机の上を片づけるために、大橋を立ったまま待たせた。

安積はそれに気づかぬふりをしていた。

「行ってきます」

大橋が言った。安積は、顔を上げずに、口のなかで曖昧な返事をした。

安積は、もう一度考えてみることにした。須田は、何か特別なことを言ったのだろうか。それとも、単に、気のせいなのだろうか……。見ると、桜井が、何かの報告書を作成している。

安積は、ふと、桜井に尋ねてみる気になった。彼は、桜井に呼びかけた。桜井が、顔を上げる。

「ゆうべ、現場にいるとき、須田が何か気になることを言わなかったか?」

「ああ……」

桜井は、実にあっけなく、言ってのけた。「実は、僕も妙にひっかかっていたんです。あのことでしょう。なんだか、脚本家に縁のある夜だ――須田さんはそう言ったんですよね」

安積は思い出した。確かに、須田はそう言った。そして、安積が気になっていたのは、間違いなくその一言だ。

桜井の言葉で、安積は、自分だけの錯覚ではなかったと自信を持った。

桜井は、それきり、何も話そうとはしなかった。必要のないことは言わない。このドライなところは大橋と共通している。ただ、桜井のほうがどちらかというと、個人主義的な感じがする。

安積は、村雨がどこまで食い下がってくるか、少しばかり、楽しみな気がしていた。

5

その日、夕方まで村雨と大橋は帰ってこなかった。築地七丁目で起きた船火事の、現場検証に行っていた須田と黒木は、昼過ぎに煤だらけになって戻ってきた。

安積が、ゆうべの須田の発言について話そうと思っているうちに、高輪(たかなわ)署から、港南(こうなん)で倉庫荒らしがあったので、手を貸してくれという電話が入った。須田、黒木、桜井の三人は、また出かけていった。

その三人より、村雨たちのほうが早かった。彼らといっしょに、三田署の柳谷捜査主任が現れたので、安積は驚いた。

柳谷は、若い刑事を連れていた。その刑事には見覚えがあった。筒井(つつい)という名で、階級は巡査だったはずだ。おそらく、桜井や大橋よりも、若い。

「やあ、チョウさん」

柳谷が言った。「台場はいつ来てもきれいだ。居心地がいいだろう」

「来たければいつでもうちに移ってくるがいい。始終人手不足だから、歓迎するよ」

「遠慮するよ。チョウさんの下じゃ、仕事がきつそうだ」

安積は、意外なことを言われて言葉をなくした。外から、そう見られているのか？

部下からもそんなふうに感じられているのじゃあるまいな――。

「それで……？」

安積は、柳谷の用を尋ねた。

「おたくの部下はさすがだね。感心したよ。誰もが、自分の仕事を減らしたがっている。なのにおたくの部長刑事は、解決したと思われている事件に食らいついてきた」

「じゃまなのでその抗議に来たというんじゃないだろうな？」

「だったらどうする？」

「うちの一階には、鬼より怖い交機隊がいてな。その連中を呼んできて、湾岸のドライブにでもつれ出してもらうさ。たいていのやつが、失禁するって話だ」

柳谷は、不思議な笑いを浮かべた。ある種の感情を共有し合う者への親しみのようでもあるし、ただ、面白がっているようにも見える。

皮肉な笑いにもとれるし、愉快そうにも感じられる。

「そのドライブも魅力的だが、俺はまず、チョウさんと話がしたい。実をいうと、迷っていたんだ」

「迷っていた？　何を？」

「村雨くんには話したがね……」

安積は村雨の顔を見た。村雨はうなずいてみせた。安積は視線を柳谷に戻した。

柳谷は続けた。

「容疑者のことは聞いているだろう？　チンピラだよ。一方、被害者は、あれでけっこう業界に顔が利く脚本家だったようだ。どうやら、落ち目だったようだがね……。いわゆる、飛ぶ鳥を落とす勢い、ってな時期もあったそうだ。チンピラと付き合うような男ではなかったというのが、周囲の一致した意見なんだ。ホンモノのヤクザもんと付き合うならまだ話がわかるが、ね」

安積は、眼を細めて柳谷の話を聞いていた。安積以外は、皆立っていたが、安積はあえて無視した。柳谷は、抗議に来たのではない。安積に相談に来たのだ。

そのことが、次第に明らかになり始めるにつれ、安積は、何故(なぜ)か落ち着かなくなってきた。

「……つまり、容疑者と被害者の関係がどうもはっきりしない。現場を見てわかるとおり、ふたりは顔見知りだった可能性は大きいのだがね。そういうわけだから、動機もわからない」

「犯行は認めたんだろう？」

「昨夜の段階で認めた」

「その先を一切しゃべっていないように、私には聞こえるが？」

「そのとおり。口を閉ざした。誤解であることに気づいたのだ。逮捕されたとき、容疑者は動転していて、自分の立場がよくわかっていなかった。犯罪者特有の心理でもあるのだが、自分のやったことに異常なくらい執着してしまう。その結果、彼は、殺人で逮捕されたものと、勝手に勘違いをして、半ば、あきらめ、半ば、やけになって、犯行を認めたわけだ。だが、彼は落ち着いてきて、自分の失敗に気づいた。それからは、ほとんど、しゃべらなくなった」

「一度は犯行を認めたんだ。今さら黙秘したところで、時間の無駄でしかない」

「だが、そう考えるのは、捜査のプロだ。素人(しろうと)は、そうは考えないかもしれない」

「ばかではない限りわかるはずだ。そんなところでがんばっていても、何の得にもならない」

「ばかなのかもしれない」

柳谷は、表情を変えずに、冷淡な口調で言った。

「あるいは、そうではなく、冷静に計算を始めたのかもしれない。黙秘には、それなりの理由がある。まず、弁護士のアドバイスを聞くまで、後々、自分の不利になるようなことをしゃべる危険を冒さずにすむ。待っていれば、誰かが助けるために手を打ってくれるかもしれない。容疑者が、時間を稼ぎたい場合、特に有効だ」

「誰が助けられるというんだ？　勾留(こうりゅう)中の容疑者を……」

「誰も助けられない。だが、容疑者が、勘違いしている場合がある。特に、バックに大きな組織が付いているような場合は……」

「なるほど。今回は、そういう例に当てはまるわけだな。板東連合傘下の風森組の準構成員だったか……」

「そう」

「だが、それなら、早くわからせてやるべきだ。暴力団が、準構成員ごときのために、警察に歯向かうなんてことはあり得ないと、な」

「それは、可能だろう。だが、今言ったような場合以外に、黙秘が必要なことがある」

安積は、柳谷の意味ありげな表情を読もうとした。彼は、ふと、思いついた。

「誰かをかばっている場合？」

「そう。あるいは、かばわないまでも、ある人物の名を隠しておきたい場合だ」

「……それで、どうなんだ。容疑者は、誰かをかばっていそうなのか？」

「何かを隠しているのは確かだな……」

「だが、割りが合わん。容疑は殺人なんだ。へたをすりゃ無期懲役か死刑だ。人をかばっている場合じゃない。何としても自分の罪を軽くすることを考えなければならないはずだ」

「考えかた次第だな……。殺人でも状況次第では、意外と早く出られる。正確に言えば、刑法では、三年以上の懲役ということになっているんだからな。それに、刑務所にいるにしても、生きているほうがいいと考える人間のほうが多いと、俺は思うが……」

安積は、柳谷をじっと見つめていた。

「容疑者は、何かの秘密を知っていて、それを口外すると、命を狙われる危険がある――

そういう意味か？」

「実際、暴力団関係者は、刑務所のなかだろうが、殺し屋を差し向けることがある。見せしめが必要ならそれくらいはやると考えていいだろうな」

「警察官としては、あまり考えたくない事実だが……。つまり、容疑者が隠していることには、風森組がからんでいると言いたいのか？」

「そう考えたくなるじゃないか。それ以外に、あの容疑者の態度は説明がつかん」

「本来なら、捜査本部で話し合いたい内容だな」

「その点だよ、俺がチョウさんに相談したかったのは」

「どの点だ？」

「今からでも遅くはない。捜査本部を作ったほうがいいとは思わんか？」

安積は、まだ柳谷を観察し続けていた。

「妙な気分だな。あんたも、まだ、この俺に隠していることがありそうだ」

「別に隠しているわけじゃない。順を追って話そうと思っているだけだ」

安積は、今度は村雨と大橋を見た。彼らは、これから柳谷が何を言うか知っているようだった。

眼を柳谷に戻して、彼が話し出すのを待つ。柳谷は、やや近づき、声を落とした。

「被害者は、殺された時刻に、ある人物と会う予定だったようだ。事務所に残っていたメモや、スケジュール帳に、時間と名前が記されている」

「容疑者の名前ではないのか？」

「もちろん、違う。同業者だ。沢村街という名だ」

安積は、驚いた。柳谷は、この効果を狙っていたのだ。

「私は、その時刻に、沢村街を見ている。私だけじゃない、須田、黒木、桜井がいっしょだった」

柳谷はうなずいた。

「知っている」

「ゆうべ、須田から聞いていたんです」

村雨が説明した。「何でも、アイドル・タレントといっしょだったとか……」

「そうだ」

安積が言った。「間違いないよ」

「だからさ……」

柳谷が、真剣な眼差しで言った。「こいつは、単純な事件じゃないんだ」

「私に言わせれば、事件はすべて複雑だ」

「スピード解決などと発表したのは間違いだった。手を貸してくれ」

間違いを素直に認める警察官は珍しいと、安積は思った。

そういうことを考えるときは、自分のことは、棚に上げるようにしている。

「恩を売るわけじゃないが、捜査本部に人員を割くのは別にかまわない。いつものことだ」

「できれば、チョウさんに来てほしいんだが……」

「うちには、私なんかより活(いき)のいいのが何人かいるんだがな」

「わかっている。おたくの捜査員が頼りないという意味じゃないんだ」

安積は、柳谷から目をそらした。彼は、机の上の書類を眺めるようなふりをして言った。

「考えておくよ」

「頼む」

それだけ言うと、柳谷は、出ていこうとした。筒井が、あとに続く。

安積は、その後ろ姿に、何か声をかけねばならないと感じた。

だが、適当な言葉が浮かんでこなかった。そのうちに、柳谷は出ていってしまった。

村雨と大橋は、席に戻っていた。彼らはいい仕事をした。

だが、それだけでは評価されない。刑事は、事件を解決しないかぎり、決して評価されることはないのだ。

せめて、上司が、ねぎらいの言葉をかけてやるべきなのだろうが、安積はそういうことが苦手だった。部下も安積にはそういうことを期待していないように見える。

いつしか、自分が、そういう期待を抱かせないようにしてしまったのだろうか。

ふと、安積はそう思った。それすらも、考えすぎか……。

柳谷捜査主任が引き上げてからまもなく、須田、黒木、桜井の三人が戻ってきた。

「村雨」

安積は言った。「三人に、三田署でのことを詳しく説明してやってくれ」

村雨は、順を追って話し始めた。

安積も、もう一度、説明を聞きながら頭の中を整理した。

彼は、何気なく一同の顔を眺めていた。須田は、わざとらしいほどの真剣な顔。黒木は、生真面目な無表情。桜井は、落ち着きはらっているように見える。

説明が進むにつれ、須田の表情に変化が現れた。そして、劇的だったのは、沢村街の名前が出たときだった。

彼は、驚きを隠そうともしなかった。目を丸くし、村雨の顔を見た。そのあと、彼は、安積を見た。安積は須田が、この問題についてどう思うか、たいへん興味があった。

村雨の説明が終わると、須田は、一転して、むっつりと考え込んでしまった。

須田は、いくつもの顔を持っている。本人が意識して使い分けているわけではないが、それなりの周囲に対する波及効果といったものは、確かにある。

安積は、席にすわったまま言った。

「三田署は、遅ればせながら、捜査本部を設置するようだ。さて、そこでだ。誰かに行ってもらわなければならないわけだが……」

彼は、刑事捜査課の一同を見回した。

いつもなら、真剣に安積のほうを見つめている須田が、哲学者のような顔で、宙を眺めている。

安積は、須田の帰りを待っていたことを思い出した。

柳谷の出現で、さらに、須田の昨夜の一言は重要さを増したように感じられた。

「須田、おまえさんと黒木が行ってくれないか」

須田は、安積のほうに視線を向けた。彼は、素直にうなずいた。

「わかりました、チョウさん」

「ところでな、須田……」

黒木も無言で首を縦に振った。

安積は言った。「これは、桜井とも話し合ったんだが、おまえさん、ゆうべ、何か特に気づいたことでもあるんじゃないか？」

「気づいたこと？」

「おまえは、ゆうべ、こう言ったんだ。なんだか、脚本家に縁のある夜ですね、と」

「ああ……。覚えてますよ。でもたいした意味があって言ったわけじゃありません。チョウさんは、そう思いませんでしたか？　飲みにいったら、今売出し中の若手脚本家がいた。ほぼ、同じ時間に、一方では、ベテランの脚本家が殺されていた……。誰だって、そう思いますよ」

「残念ながら、私はそうは思わなかった。正直に言って、現場について被害者を見てからは、沢村街のことは、忘れてしまっていたのだ。それは、桜井も同じだった」

「そうですか……。でも、それって重要なことですか?」

「被害者が、沢村に会う予定になっている時間に殺された。それがわかった今、無視しがたいと思うが……。まあ、今回に限らず、現場で感じたことは何でも大切だ」

「そうですね。でも、本当に、こう……、何というか、漠然と感じたことを言っただけですから……」

「いいだろう。たぶん、明日、三田署の柳谷主任から知らせが入ると思う」

「捜査本部に顔を出すのは、俺たちふたりだけでいいんですか？」

須田が、黒木と自分を指差して尋ねた。安積は言った。

「充分だよ」

当直の大橋を残して、部下は全員引き上げた。安積も帰り支度を始める。

大橋は、黙々と書類仕事をしている。刑事はたいてい、書類を溜（た）め込んでいる。事件の報告書から、交通費、その他の伝票まで、種々雑多な書類を机の引き出しに詰め込んでいるのだ。

机にすわったとたん、電話が鳴り、外へ飛び出して行かねばならないはめになる。なかなか落ち着いて、書類を片づける暇がないのだ。

大橋と話し合ういい機会だった。しかし、一生懸命にボールペンを走らせている大橋を見ると、声がかけづらかった。そのうえ、どう尋ねていいかもわからない。

いきなり、村雨はどうだとは訊けない。何か言いたいことはないか、などと尋ねるのは、あまりに漠然としているし、大橋は、自分が叱責されているものと勘違いをするかもしれない。

結局、安積は立ち上がり、「お先に」と言っただけだった。

この煮え切らない態度に、自分で情けなくなってしまった。

安積は、いつもの非常階段を使わずに、一階へ出る階段を降りた。

署の職員たちは、非常階段を「外階段」、建物の中の階段を「内階段」と呼んでいる。

一階は、いつもにぎやかだった。ベイエリア分署の花形、交通機動隊の縄張りなのだ。

「ハンチョウ」と、安積を呼ぶ声がした。誰かは姿を見なくてもわかった。

交通機動隊の速水直樹警部補だ。階級も、年齢も安積といっしょだった。つまり、彼は四十五歳だ。

速水は、交通機動隊の小隊長だった。スープラ・パトカー隊を率いて湾岸高速道路網で風を切っている。

彼はいつも自信に満ちていた。花形部署にふさわしい男だ。

「なんだ、小隊長。あまりガソリンを無駄遣いするんで、車を取り上げられたか?」

「よく働くんで、たまに油を売っていたって文句を言われないのさ」

「きょうは、第一当番だったのか」

外勤警官は、第一当番、第二当番、非番、週休のローテーションで勤務する。

もっともつらいのは、午後四時に出勤し、徹夜をする第二当番だ。

「相変わらずしけたツラをしているな、デカチョウ。もっと胸を張って歩けよ」

「スープラ隊のまえではでかい顔をするなとみんな言ってるぞ」

「おい、スープラ隊は暴走族じゃないぞ」

「似たようなものだと思っていたがな……」

速水は、悪党のような笑いを浮かべた。

「そうだ。あんたが正義だ、ハンチョウ」

「おやすみ」

安積は、カウンターにはさまれた細い通路をまっすぐに進んで、署を出た。

6

安積は、珍しく九時まえに自宅についていた。いつものように、ひんやりとした闇が彼を迎える。

夕刊をざっと眺めると、テレビを点けた。テレビを見るのも久し振りな気がした。

画面から、突如として狂騒的な音響が流れ出してきた。

テレビのバラエティー番組というのは、出演者が全員躁状態としか思えない。

テレビの画面というのは、大変不思議なもので、演技をしていない人間や、大声でまくし立てていない人間というのは、何となく間が抜けて見えたり、存在感が失せて見える。

そして、最近の若者たちは、テレビでしか人間のありようを学ばないように感じられる。テレビのトレンディー・ドラマとかいう絵空事のような恋愛をし、現実味のある結婚などに背を向ける。

男も女も、恋愛が、この世の最大関心事になるように仕組まれている。

安積は、なるべくそういうことを考えないことにした。

彼は、夕刊のテレビ欄を眺めた。ふと、沢村街の名が目に留まった。

バラエティー番組の出演者として名前が載っている。

安積は時計を見た。

ちょうどその番組を放送している時間だった。安積はそのチャンネルに合わせた。

アイドル・タレントとエセ文化人などが、パネラーとして席についている。

そのなかのひとりが、沢村街だった。彼は、終始ひかえめな印象だった。

それが演出であることは、すぐにわかった。周囲を大騒ぎさせ、自分がおとなしくすることで、知的な役柄を演じようとしているのだった。それは、そこそこ成功を収めていた。

安積は、出演者のなかにもうひとつ見覚えのある顔を見つけた。

アイドル・タレントだった。

沢村街が、勝どき五丁目のイギリス風パブで、いっしょにいた娘だ。

何とか名前を思い出そうとした。だが、そう簡単に思い出せそうにはない。

安積は、テレビの音量を上げた。

司会役のコメディアンは、しきりに彼女のことを「りえちゃん」と呼んでいる。

しばらく考えて、思い出した。

水谷理恵子だ。

この番組は生放送だろうか、と安積は思った。生放送ならば、この番組のために、ふたりは打合せをしていたとも考えられる。

あるいは、ふたりは、この番組のレギュラーで、すでにいい仲なのかもしれない。事件に関係あるかどうかはわからないが、その点を確認しておきたくなった。

安積は、いつしか沢村街を観察し始めていた。沢村は、時折、はにかんだような笑いを浮かべる。

滅多にしゃべらないが、しゃべるときは早口だ。声は大きくない。

安積は、彼が心からこの番組を楽しんでいるわけではないような気がしてきた。

そして、常に仕事を心から楽しんでいる人間など、ごくわずかだ。

彼にとっては、番組出演も仕事ということになる。

その点は、安積もよく承知していた。ところが、芸能界というのは特殊なところで、仕事自体が、魔力を持っている世界なのだ。テレビの出演者の多くは、安積から見れば、程度の差こそあれ、みんな楽しんでいる。

疲れていようが、ハードスケジュールだろうが、本当に楽しいのだ。

だが、沢村街は、まったく異質な感じがした。番組に出演しつつ、その番組を蔑(さげす)んでいるような気がした。

もちろん、態度に出しているわけではない。安積が、何となくそう感じるにすぎない。

どうして、そう感じるのだろう？

安積は思った。

見るかぎり、彼は好青年だ。

だが、安積は、画面のなかに、彼の孤独というか悲哀のようなものを感じてしまうのだった。

もしかしたら、それすらも、沢村街の演出なのかもしれない。

安積はその可能性に気づいた。だとしたら、沢村街というのは天才だ……。

それにしても、と安積は思った。最近のタレントというのはみんなこんなにはかなげな感じなのだろうか？

水谷理恵子を見てそう感じたのだ。

容貌を売り物にする仕事だから、顔だちが美しいのはあたりまえだ。

彼女は、それだけではなく、弱い者の魅力とでもいうものを持っている。

いまどきでははやらない例えだが、古い洋館の窓から寂しげに外を眺める、色の白い病弱な少女の魅力だ。

こういうタレントも、躁状態の芸能界にあっては珍しい。

安積はそう感じた。

その魅力は、危険な感じすらする——理由はないが、安積はそう思っていた。

町田課長が、部屋から出てきて、安積に言った。

「三田署に、この間の脚本家殺しの件で、捜査本部ができるということだが、いったい、どうなっているんだ？　あの件は、解決したんじゃなかったのか？」

安積は、柳谷と話し合ったことについて、説明しなければならなかった。

「うちからも、参加してくれということだったが……」

「須田と黒木に行ってもらいます」

「そうか……」

町田課長は、須田を一瞥すると、部屋に引っ込んだ。

「課長のところには、もう知らせが入ったのですか」

須田が、安積に尋ねた。

「ああ、そうらしいな」

「いったい、どこから知らせてくるんでしょうね」

「本庁からだろう。さあ、これで、正式に捜査本部ができることがわかった。須田と黒木は、三田署に向けて出発してくれ」

「わかりました」

須田が言った。

彼らは、すぐに出かけていった。

ふたりが出ていくと、村雨が、安積の席に近づいてきた。

「係長……」

安積は、顔を上げた。村雨は、訳知り顔をしている。

「何だ？」

「捜査本部には、係長も顔を出したほうがいいんじゃないんですかね？」

「どうしてだ？」

「柳谷捜査主任もそう言ってましたし……。みんな、それを期待しているみたいだから……」

「みんなってのは、誰のことだ。おまえたちも含まれるのか？」

「そうじゃありません。捜査本部の連中です。主に、三田署捜査一係の連中のことですがね……」

安積が、どう返事すべきか考えているとき、電話が鳴った。

大橋が当直明けで休んでいるので、桜井が電話を取った。

「係長にです」

桜井に言われ、安積は机の上の電話に手を伸ばした。

村雨は、そばに立ったままだった。安積は気にしないことにした。

「はい、安積です」

電話の主は、柳谷だった。

「よう、チョウさん。昨日はどうも。正式に捜査本部ができたよ」

「知っている。課長のところに、たぶん本庁からだと思うが、知らせが入った」

「さっそくだが、人員を派遣してもらいたい」

「もうそちらに向かっているよ。須田と黒木だ」

わずかだが、間があった。柳谷は、何かの不満を表現したのかもしれない。

あるいは、単に、戸惑っただけかもしれないが……。

「チョウさんは来てくれないのか？　期待していたんだがな……」

「須田も黒木も優秀な刑事だ。うちはエースを投入したつもりだぞ」

村雨が密かに異論を唱えているかもしれない、と安積は思いながら言った。

「それはわかっている」

柳谷が食い下がった。「その上で言っているんだ。チョウさんに来てほしいんだよ」

「なぜだ？」

「本庁から、相楽(さがら)警部補が来るんだよ」

安積は、思わずうめいた。

「だったら、余計に行きたくないな……」

だが、その言葉とは裏腹に、安積は、相楽の名を聞くことによって、引っ込みがつかなくなったと思った。

柳谷はそこまで読んでいたのかもしれない。安積はそう勘繰りたくなった。

「気持ちはわかるがね……。こっちの事情も理解してもらえると思うが……」

安積は、短くため息をついた。柳谷に、はっきり聞こえたはずだった。

「こちらの署内の調整をしてみる。なんとかなるようだったら顔を出すよ」

「すまんね。じゃ……」

ベイエリア分署が、普通の警察署なら、柳谷も「すまん」などとは言わないだろう。

この事件は、あくまで、三田署の案件として処理される。

解決しても、三田署の手柄となるのだ。

電話が切れた。安積は受話器を戻す。知らぬうちに髭のそりあとを撫でていた。

「また何か問題ですか?」

村雨が訊く。村雨は、まだ同じ所に立っていたのだ。

安積は、村雨の顔を見た。そのとき、村雨が頼もしく見えた。

相楽警部補と聞いたとたんに、安積は村雨に苦労を共にする同僚としての親愛の情を感じていた。安積は、うなずいてから言った。

「三田署の柳谷主任からだ。私に捜査本部に参加してほしいそうだ」

「ほらね。やっぱりそう言ってきたでしょう。それで、どうします?」

「聞いていたろう。うちの署の事情が最優先だ。こちらがなんとかなるようだったら行ってくるさ」

「そうですね」

「どうだ？ 私のいないあいだ、代わりをつとめてくれるか」

「ええ。私でよろしければ……」

「おまえさんしかいないんだよ。もうひとりの部長刑事も、三田署の助っ人に取られているんだ」

「わかりました」

村雨は、べつだん気を悪くした様子もなく、席に戻った。

安積は、少しばかり反省していた。村雨を頼りにしているのは確かなのだ。

どうしてもっと、彼の自尊心を刺激してやるような言いかたができないのだろう……？

安積は、もう一言ふた言、村雨と会話をしなければならないと感じた。

「村雨……」

「はい、何です、係長」

「おまえさん、ひょっとして、本庁から誰が来るか知っていたんじゃないのか？」

「いいえ。誰なんです？」

「相楽警部補だそうだ」

村雨は苦笑してから、桜井を見た。

桜井は居心地の悪そうな顔をして、やはり苦笑した。

「なるほど……」

村雨は言った。「柳谷主任としては、どうしても係長にご登場願いたいわけだ」

「そのようだな……」

これだけの会話で、村雨との関係が、ずいぶんと滑らかになった気がした。

共感は、人間関係の最高の潤滑油だ。そして、共感を得るために一番いい方法は、共通の敵を話題にすることだ。

相楽啓(けい)は、警視庁捜査一課の刑事だ。三十八歳という若さで警部補だった。

安積を始めとするベイエリア分署の刑事たちが、相楽警部補に初めて会ったのは、かつて、高輪署に設けられた、ある殺人事件の捜査本部でのことだった。

その席で、相楽と安積の捜査方針が食い違った。たいした問題ではなかったのだが、相楽はむきになってしまった。

結局、捜査員を二分して、相楽と安積がそれぞれ指揮する形になった。

結果は、安積側のほうが、うまくいった。その後、今回と同じく三田署に捜査本部が置かれた殺人事件でも、同様のことがあった。

それ以来、相楽は安積に特別な感情を抱いているようだった。

安積に言わせれば、迷惑な話だった。捜査は安積にとっては、仕事以外の何物でもない。

だが、相楽は、捜査をゲームと考えているような節があった。

ゲームであるかぎり、勝者がいて、敗者がいなければならない。

勝者が捜査員であり、敗者が犯罪者であるならまったく問題はない。

しかし、相楽警部補は、そうは考えないようだ。勝負の相手は、警察の組織内にいると考えている。出世とか進級とかを考えると、当然そうなるのかもしれない――安積は思った。

だが、そういった私欲によって、捜査に対する眼が曇らされるのは、いっしょに働く者にとっては、たまったものではない。そればかりか、冤罪を招く恐れすらあるのだ。

安積は、また相楽と一戦交えるのを覚悟しなければならなかった。

正直言って、わがままな子供のお守りをするような気分だった。

本庁の警務部は、どうして彼のような男を捜査一課に置いているのだろう――安積は、真剣にそう考えたくなった。

考えてもしかたのないことだが……。

安積は、机の上に広がっていた書類を、すべて『未決』と書かれた箱に放り込み、外出の準備を始めた。

立ち上がってから、彼は桜井のことが気になって言った。

「おまえは、今日一日、村雨といっしょに働いてくれ」

桜井は、何のこだわりもなくうなずいた。

「わかりました、係長」

「じゃあ、村雨、頼んだぞ」

そう言い置いて、安積は、公廨を出た。彼は、村雨の返事を背中で聞いていた。

鑑識係の部屋は、公廨の外にあった。給湯室と取調室が並んでいる。その奥のひっそりした一角に、鑑識係長の石倉警部補は、ささやかな城を築いていた。

安積は、鑑識係の部屋に寄っていくことにした。何か収穫があるかもしれない。

昔、鑑識などに縁のない頃、安積は、鑑識係の部屋のなかは理科の実験室のようなものだと思っていた。

白衣を着た係員が、ビーカーやフラスコ、試験管などに得体の知れない薬品を入れて、アルコールランプかガスバーナーの炎にかざしている。

彼らは一様に無口で、部屋のなかは、液体の沸騰する音だけが聞こえる。

係員たちは、皆、眉根を寄せて、自分の仕事だけに没頭している。

——そういったイメージを持っていたのだ。実際は、少しばかり違った。

ビーカーやフラスコの類は確かにあるが、数はごくわずかで、すみっこに追いやられて埃をかぶっていた。

代わりに部屋中に所狭しと並べられているのは、コンピューターだった。

それも、様々なコンピューターがあった。データを呼び出すための端末。

分析結果を検証するための、専用データを持ったメモリーバンク。

ガスクロマトグラフィーなどの分析機器を管理するためのコンピューターなどだ。

その他、電子顕微鏡とそれに接続された撮影機器。最新ソフトを搭載したコンピュータ

ーグラフィック専用機などもあった。

係員の机は、ほとんど、そうした機器のディスプレイやキーボードに占領されている。

彼らは、わずかな隙間に、ようやく、自分用のコーヒーカップをのせていた。

鑑識係の部屋が、安積のイメージと違っていたのは、そうした機材の面だけではない。

係員たちは、仕事に集中していながらも、決して口を閉ざそうとはしないのだ。

そのため、部屋のなかは、いつも、いくつかの会話で満たされている。

たいていは、取るに足らぬ冗談話だ。当初、安積はその雰囲気にあきれたが、じきに理解するようになった。

彼らは、そうすることによって、耐えがたいストレスと戦っているのだ。

いわば、自然に身についた、自己防衛手段だといっていい。

石倉係長の机は、一番奥にあった。やはり、キーボードとディスプレイがのっている。

他の係員の机と違うのは、おびただしい書類が積まれている点だった。

石倉は、安積の姿を見つけて片方の頬だけを歪めて笑い、うなずきかけてきた。

「聞いてるかい？」

安積は石倉に言った。「この間の脚本家殺しの件、捜査本部ができたよ」

「そいつは初耳だが……、まあ、いずれそういうことになると思っていたよ」

「実行犯がスピード逮捕されたって話は知っているんでしょう？」

「だが、それだけの事件じゃない。そうだろう。もっと奥が深い」

「何かわかったのか？」

「鑑定報告、まだ届いていないのか?」

「さあ、届いているかもしれないが、私はまだ見ていない」

「おい、みんな、これだよ」

石倉は、おおげさに天を仰いで、係員たちに訴えた。「俺たちが、徹夜して調べ上げ、まとめた報告書を、ハンチョウさんは、気にも留めておられないそうだ」

「申し訳ないと思っているよ……」

他の部署の人間にならば、言い訳はできたかもしれない。

だが、相手が鑑識となると、とてもそうはいかない。

なにしろ、安積たちが年中ふっかける無理難題を、いつも満足な形で片づけてくれるのだ。

「まあ、いい、ハンチョウ。こいつは、あくまでも三田署の案件なんだからな。だが、俺たちは、ハンチョウが報告を見てたまげる姿を想像し、悦に入っていたんだがな……」

「私は、これから三田署の捜査本部に出かけるところなんだが……」

安積は用心深く言った。「あらかじめ、知っておいたほうがいい事実があるようだな」

「ベイエリア分署のハンチョウに恥はかかせたくない。教えといてやろう」

「すまないな」

「被害者は、麻薬をやっていた。尿検査でかすかだが反応が出た」

「麻薬?　ヘロインか?」

「いや、最近のはやりだよ」

「コカイン……？」

「そう」

「常習者だったのだろうか？」

「いや。鼻腔（びこう）の粘膜の荒れ具合や、血中濃度からいって、いたずら程度じゃないか。だがね、ハンチョウ、コカインをやっていたことは間違いない。ということは、どこかから手に入れたということだ」

安積はうなずいた。

「わかっている。役に立つ情報だ。礼を言わなきゃな」

「礼などいい。だが、これだけは約束してくれ」

「何だ？」

「ベイエリア分署の安積警部補は、決して誰にも屈しないとな」

石倉の顔を見たかぎりでは、本気なのか冗談なのかわからなかった。

安積は、石倉に背を向けて、鑑識の部屋を出た。

7

三田署では、前回、安積が参加したときと同じ、小会議室に捜査本部を設けていた。

捜査本部に当てる部屋というのは決まっているわけではない。たいていは会議室を使うが、事件が立て込んでくると、会議室の予定が一杯になることもある。

警察署の施設というのは、刑事捜査課だけで使っているわけではないのだ。そういうときは、畳敷きの当直室に捜査員が上がり込んで、捜査本部を作ったりする。ときには、武道場の片隅に捜査本部ができたりすることもある。

安積が到着したときには、すでに、他のメンバーは顔をそろえていた。

「よう、安積さん。久し振りだなあ」

陽気な声をかけてきたのは、三田署捜査一係長の梅垣(うめがき)だった。

彼は、四十八歳の警部補だ。赤いなめし革のような顔をしている。叩(たた)き上げの刑事の顔だ。安積は頭を下げた。

「どうも、遅れまして」

安積は、須田が自分に笑いかけているのを見た。彼は、須田のとなりの席に腰を降ろした。

細い折り畳み式のテーブルをUの字型に並べている。

Uの曲線に当たる部分が、司会進行役の席で、そこには、梅垣係長と柳谷主任がいた。

彼らの後ろには、大きなホワイトボードがある。黒いインクで、被害者の名前と年齢、そして、容疑者のひとりとして逮捕されている男の名前と年齢が書かれていた。

名前の脇にはそれぞれ、顔写真が、プラスチックをかぶせた磁石で留めてある。

捜査が進んでいないので、それ以外のことは、ほとんど書かれていない。

安積は、捜査本部の中をさりげなく見回した。おそらく、安積より年上なのは、梅垣と柳谷の二人だけだろう。

ありがたいことに、本庁捜査一課の相楽警部補は、今のところは安積を無視している。

彼は、荻野照雄部長刑事を連れてきていた。荻野は、三十七歳で、相楽よりひとつだけ年下だ。

権力志向の強い男で、上の言うことには盲従し、平気で下の人間を怒鳴りつけたり、張り飛ばしたりするタイプだ。

こういう男は、警察官には多い。というよりも、ある程度、そういう性格でなければ、警察官など務まらない。警察学校では、市民を脅し、圧力をかけろと繰り返し教えられるのだ。

つまり、そうした体質が、後輩の指導の面でも反映されるのだ。

それが、いいことか悪いことかは、別問題だ。それが、警察官の仕事なのだ。

おそらく、相楽と荻野が組むことになったのは偶然だろうが、相楽が荻野のことを気に入っているのは明らかだった。忠実な犬は、かわいいものだ。他人に対して獰猛であればあるほど、飼い主にとっては、かわいい。

安積の登場で中断された形になっていたらしい柳谷の経過説明が、再開された。

安積は、須田にそっと訊いた。

「話はどのあたりまで進んでいる?」

「まだ、さっぱりですよ」

須田は、例の真剣な眼差しを向け、顔を近づけて囁き返してきた。「なぜ、一度は解決という結論を出したのに、急遽、捜査本部を作らなければならなくなったか——それを説明してるんです」

「驚いたな。そんなことは、みんなとっくに承知していると思っていたぞ」

須田の表情が、急に緩んだ。いたずらをたくらむ小学生のような表情になる。

「なんか、お役所仕事が好きな人がいましてね……」

須田がこうした皮肉を言うのはたいへん珍しい。もちろん、安積には、すぐ誰のことかわかった。

安積は、本人に気づかれぬように、さっと相楽警部補のほうを見た。

相楽は相変わらず、配られた資料のコピーを睨みつけている。

「まあ、しかたがないさ」

安積は言った。「本庁というのは、お役所だからな。それぞれ立場というものもある。些細な点を確認していくというのも捜査上の必要な手順だ」

須田は、瞬時のうちに表情を引き締めた。少し、傷ついたような顔にさえ見えた。

「そうでしたね、チョウさん。すいません。俺、つまんないこと言って……」

この須田の反応に、またしても安積は驚かされた。

「いや、別におまえを叱(しか)ったわけじゃない」

安積のほうが、何か悪いことをしてしまったような気分にさせられる。

まったく奇妙な才能だ、と安積は思い、目の前にあった資料を手に取った。

須田も資料に眼を戻した。

「……何か、質問がありますか？」

説明の最後に、柳谷捜査主任が言った。一同は、資料をめくり直したりしている。

安積は、鑑識の報告書を読んでいた。読み終えて、まさかと思い、また最初から読み直した。

三田署の鑑識係が作成した資料とともに、確かに、ベイエリア分署の鑑識係の報告書が綴(と)じられている。

だが、どこにも、被害者がコカインをやっていたという記述はなかった。

ここにある報告書は、古いもので、コカインに関する事実は、最新情報なのだろうか。

安積は考えた。ベイエリア分署の署内には流れたが、まだ、三田署へ到着していないのかもしれない。だが、そんなことがありうるだろうか？　ここは、事件に関する情報がすべて集まる捜査本部だ。

考えられることはひとつだった。石倉が、そのことを報告書に書いたというのは嘘なのだ。

彼はこっそり、安積だけに教えるつもりだったのだ。石倉たちも、多くの場合助っ人に回らなければならないベイエリア分署の立場については、腹に据えかねるものがあるのだろう。彼らは、安積に、他の署の連中があっと驚くような活躍を期待しているのだ。

つまり、石倉は安積に手柄を取らせたがっているというわけだ。

気持ちはうれしい、と安積は思った。だが、捜査の上では、あってはならないことだ。

署に帰ったら、文句を言わなければならないかもしれない。

だが、考えてみれば、三田署の鑑識なり、本庁の鑑識なりが、被害者の薬物検査をやっていないというのは、怠慢と言われてもしかたのないところだった。

「逮捕されている容疑者だが……」

相楽警部補が、難しい顔をして言った。「ええと、奥田隆士、二十六歳か……。話によると、この男は、何かを恐れているということだが……」

「そのように見える、ということです。あるいは、誰かをかばっているという可能性もあります」

柳谷捜査主任が言った。

「どちらでもいい。そいつは、板東連合傘下の風森組の準構成員なのだろう。つまり、こういうことだ。やつは、組のことについて何かを隠しているわけだ。組の秘密をばらしたとなると、おそらく、生きてはいられない。刑務所にいたほうがいいに決まっている。そういうことだろう」

「まあ、そういうことも考えられますね」

「説明を聞くかぎりでは、私にはそうとしか考えられないがね……」

「可能性としては大きいですね」

「だったら、早いとこ、風森組にウチコミでもかけたらどうだ？」

ウチコミというのは、家宅捜索のことだ。一般にはガサイレという隠語のほうが知られている。

「そいつは、無茶だ、相楽さん」

三田署の捜査一係長・梅垣が言った。十歳も年下の男に「さん」づけだった。「ウチコミやるには、令状がいる。今のところ、今回の事件と風森組の関係は、なにひとつ見つかっていない」

「風森組の準構成員が、殺人の容疑者となっているんだ。事件と関係ないとは言えんだろう」

「被害者との関(かか)わりが、今んとこわかっていないのです。たとえ、風森組が一枚嚙(か)んでいたとしても、へたに動くと、尻尾(しっぽ)を捕まえそこなっちまう」

「だが、ぐずぐずしていると、やつらに隠蔽(いんぺい)工作をする時間を与えることになる」

安積は、相楽が言っていることももっともだと思った。

暴力団はきわめてずる賢い。容易なことでは、尻尾を出さない。

ああいう手合いは、叩ける機会に、思いっきり叩いておかなければならない。

安積は、言った。

「風森組については、捜査四課から情報をもらえばいい。そのうえで、こちらの事件と関わりがありそうだったら、捜査令状も取れるだろう」

相楽が、安積のほうを見た。複雑な顔つきをしている。

敵に塩を送られた気分なのだろうか――ふと、安積は思った。

「その点については、私たちがやろう」

相楽が言った。「マル暴から情報を掻き集めてくる」

「風森組と被害者の関係が見つかると一番いいんですがね……」

三田署の刑事のひとりが言った。安積の知っている刑事だった。

名前は、磯貝。三十六歳の巡査長だ。

安積は、うなずいて言った。

「期待が持てるかもしれない。おそらく、最新情報のため、報告書から漏れてしまったのだと思うが、被害者の尿から、コカインが検出されたそうだ。暴力団が絡んでいる可能性は大きい」

捜査員一同の反応は、安積の想像以上だった。全員が、一瞬動きを止め、安積に注目した。

須田、黒木も例外ではない。須田などは、例外どころか、一番驚いた顔をしている。

相楽が、一瞬、くやしそうな顔をしたように見えた。気のせいだろうかと安積は思った。

「そいつは、確かなのか、チョウさん？」

梅垣が低い絞り出すような声で訊いた。

「うちの鑑識から、出がけに聞いてきたんだ。確実でしかも、最新の情報だ」

「なんか、犯罪全体の様子が早くも、見えてきたような気がしますね……」

三田署の磯貝巡査長が言った。

飢えた犬のように、本庁の荻野部長刑事がその発言に食らいついた。

「どういうふうに見えてきたんだ？　聞かせてもらえないか」

「ええとですね……」

磯貝は、咄嗟(とっさ)にはこたえられなかった。おそらく誰もが同じことを思っただろう。

そして、詰問されれば、磯貝のように、口ごもったに違いない。

そうした漠然としたアウトラインというのは大切なものだ。

それが、推理につながっていく。刑事に先入観は禁物だが、推理は不可欠だ。

見えかかった霧の中の道の輪郭を、かき消すような詰問をする必要はない。

それは、実証主義というものをはき違えているにすぎない。

安積は、磯貝のために何か言ってやろうと思った。だが、適当な言葉を思いつかない。

安積より早く、須田が口を開いた。

「問題になっていたのは、被害者と容疑者の関係、そして、動機です。これまでは、漠然と、両者のあいだに風森組があったにすぎないんです。いかに、暴力団といえども、ただ、そこに存在しているというだけでは、被害者と容疑者を結びつけるほどの要素にはなりえません。でも、そこに、コカインというものが介入するとどうなるでしょう？　暴力団というものの役割が見えてくるのです」

須田は、今は、瞑想する僧侶か、仏像のような表情をしている。

須田の発言は、一気に磯貝を元気づかせた。磯貝は言った。

「そうなんですよ。事件は単純な物取りなどではなく、暴力団と麻薬が絡んでいた。これだけで、捜査の方針というのは大きく違ってきますよね。僕はそれが言いたかったのです」

「わかったよ」

荻野部長刑事はうるさそうに言った。安積はその態度が気に入らなかった。

だが、そんなことを指摘してことを荒立てる必要もなかった。

本庁から来たふたりは、虎視眈々と安積と対立するチャンスを狙っているかもしれないのだ。それより、安積は須田の発言を自慢に思うことにした。それでいい、いくぶんか気分は晴れる。

「風森組とコカインが絡んできて、事件の性格が見えてきたという点はいい」

梅垣係長が、しわがれた声で言った。「だが、ひとつ、気になることが置き去りにされている」

安積がうなずいて、発言した。

「被害者が、殺害されたと思われる時刻に、会う予定になっていた人物ですね」

「そうだ。被害者は、商売仲間の沢村街に会う予定になっていた」

「……あるいは、商売敵の……」

須田が言った。須田はまた瞑想するような表情になっている。梅垣はうなずいた。

「そうだ。だが、その時刻、沢村街は別の場所にいた。それを証明する人物はここにいる」

相楽警部補が、眉根にしわを寄せて尋ねた。

「いったい、誰なんだ」

「私です」

安積警部補が言った。「私とここにいる須田、黒木が、勝どき五丁目のパブで見ています」

「事件が起こるのを予知して、沢村街を張り込んでいたのかね？」

相楽警部補が皮肉な笑いを浮かべて訊いた。

「もちろん違います。四人で飲んでいたんですよ。そのとき偶然、彼を見かけたのです」

「勝どき五丁目といえば、現場からそう遠くはないな……」

相楽は、一転して考え込む表情になった。「沢村街も事件に関連している可能性がある」

安積は、付け加えた。

「沢村街には連れがいました。テレビタレントの水谷理恵子です」

「へえ、うらやましいもんだな」

三田署の若い刑事、筒井が言った。

「だろう」

須田が、にやにやとしてその言葉を受けた。「水谷理恵子と会えるんなら、瀬田守との約束なんてすっぽかしちゃうよなあ」

「俺もそうするだろうな」

荻野が吠えた。

「きさまら、ふざけてんのか。捜査会議の場だぞ。真面目にやる気がないのならとっとと帰っちまえ」

部屋の雰囲気が一気に険悪になった。荻野には、自分が周囲にどう思われているかわかっていないのだ。いや、そんなことはどうでもいいのかもしれない。彼にとって大切なのは、おそらく、相楽にどう思われるかなのだろう。荻野は、一番立場の弱そうな、筒井を睨みつけていた。

須田が言った。

「ふざけているわけじゃないですよ。本当にそう思ったんですよ」

荻野は、視線を筒井から須田に移した。須田はひるまなかった。「本庁の会議じゃ思ったことも自由に言わせてもらえないんですか？　そいつは、きついな……」

安積は驚いた。須田は、荻野を挑発しているのだ。

須田は、状況を把握し、計算している。つまり、圧倒的多数が、味方だと心得ているのだ。

「きさま、いますぐ、ここから出ていけ」

荻野部長刑事は、警察官が、容疑者を見るときの眼つきをしていた。

安積は、うんざりした。彼は、心の中でつぶやいていた。

(私たちベイエリア分署の人間は、来たくてここへ来ているわけじゃないんだ)

安積は、立ち上がりかけた。須田と黒木を連れて、引き上げようとしたのだ。

意外な人物が、荻野部長刑事をたしなめた。相楽が不愉快そうに言ったのだ。

「よさんか……」

彼は、須田、筒井、そして最後に安積を見て、言いづらそうに言った。「すまない」

安積は、意外に思った。安積だけではなかった。三田署の連中も妙な顔をしている。

相楽は変わったのだろうか？　それとも、何か思うことがあっておとなしくしているのだろうか？　安積はその点が気になった。だが、歓迎すべき態度であることは間違いない。

柳谷主任が、会議を進行させようとした。彼は、相楽に言った。

「では、風森組とコカインの関係については、本庁のほうが中心になって働いてくれるということでいいですね。私らは、現場付近の聞き込み、被害者の身辺の調査、そして、逮捕された容疑者、奥田隆士の取り調べ並びに捜査活動を続けます」

相楽は、顔を上げずにうなずいて見せた。難しい顔をしている。

「了解だ。問題はない」

柳谷はさらに続けた。

「安積さんたちは、沢村街について調べてもらえませんか？　事件との関連が見つかるかもしれない」

「わかった」

「それで、実際のところ、どうなんだろう」

梅垣係長が、安積に尋ねた。「やっぱり、こいつは、コカインをめぐるごたごたなんだろうか」

「そういうことになると思いますがね……」

「コカインは、偽装のために使ったんじゃないのかな？」

ずっとおとなしくしていた相楽が言った。「コカインをめぐる争いで、チンピラが脚本家を殺す理由など、思いつかないんだがな……。安積さん、どう思います、その点？」

いつもの相楽らしく、挑むような眼をしている。安積は、やや間を置いてからこたえた。

「まだなんとも言えませんね。ただ、現実に、コカインと風森組という暴力団が絡んでいるんですから」

「そうだな……。まずは、情報収集だ」

相楽は言った。彼はまた、闘争心のない顔に戻っていた。

8

「おまえ、荻野という部長刑事を挑発していたな、須田」

覆面パトカーのマークIIの後部座席で安積は言った。

助手席にいた須田は、目を丸くして見せた。

「挑発ですか？　やだな、チョウさん。俺、そんなつもり、ありませんでしたよ」

「そうか？　私は、けっこうしてやったりという思いだったがな」

「まさか、チョウさんがですか？　それ、皮肉なんでしょう？」

「どうしてだ。私だって人間だから、気に入らないやつもいれば、腹も立つ」

「そうでしょうね。でも、そのために仕事に不都合が生じるようなことは、絶対にしないでしょう？」

部下たちは、本当にそう信じているのだろうか？　一番正直な須田が言うのだから、安積は、そういう眼で見られていると考えるべきなのだろう。彼は、一瞬、不安になった。

そうした、善意からくる誤解というか、期待というか、そういったものに、こたえることが、本当にできるのだろうか。そして、部下にそう思わせているのは、自分のどういうところなのだろう。

「おい、黒木」

安積は、ハンドルを握っている黒木に話しかけた。

「おまえだって、須田のきょうのやりかたには、驚かされただろう」

黒木は実直そうにこたえた。

「この人と組んでずいぶん経ちますが、いまだに、驚かない日はありませんよ」

「そうだろうな。この私だってそうだ」

「どこが、そんなにおかしいのかなあ。俺、普通にやっているつもりですよ」

それがおまえさんのいいところだ。

安積はそう言ってやろうと思ったが、照れ臭くて言えなかった。

「ただ、須田さんにも驚かされましたが、相楽警部補にも驚きました」

黒木が言った。「以前に会ったときと、別人のような感じじゃありませんでしたか?」

「それだよ」

須田が言った。「やっこさん、何考えてるんですかね、チョウさん」

「事件のことだろう」

安積が言うと、とたんに須田は、にやにやと笑い始めた。

「チョウさん、いつだってそうやって、はぐらかすんだから……」

「そうだな……。そういえば、少し元気がなかったかな……」

「拍子抜けだったんじゃないんですか?」

「おい、須田。私は、あの坊やとやり合う気なんかないんだ。会議が円滑に進むことのほうが大切だ」

「でも、確かに、あんな相楽警部補は初めてでしたね。妙なこと、考えてなけりゃいいけど……」

「あいつも、嫌われたもんだな……」

「普段の行いってやつが、問題なんですよ、チョウさん」

マークIIは、広尾の高級マンションのまえで止まった。

マンションの名前は、ヴィラロワイヤル広尾。沢村街の事務所は、ここの四〇三号室にある。

「渋谷署は、駐禁がうるさいですからね」

須田が、車を降りるとき、言った。「路上駐車は心配だなあ」

「レッカー移動などしようものなら、渋谷署に怒鳴り込んでやるさ」

須田は、くすくすと笑った。

「チョウさんが？　そんなこと、できるわけないのに」

「どうしてだ？」

「どんな場合でも、不正を犯したほうが悪い。たとえ、それが、捜査中の駐禁でも——チョウさんは、そう考えるに決まっています。それが、チョウさんのルールなんです。珍しい警官ですよね」

珍しいのはおまえのほうだ。安積はそう考えたが、別なことを言った。

「私に行けないと言うのなら、交機隊の速水に行ってもらうさ」

「なるほど、そりゃあ、はまり役だ」

マンションの玄関でまず足止めを食わされた。防犯装置つきの入口で、インターホンで部屋と連絡して、鍵を開けてもらわなければ、エレベーターホールへは進めない。

この手のマンションを見るたびに、安積は思う。はたして、この防犯装置がどの程度役に立つのだろう、と。鍵が解除されなくても、エレベーターホールへ忍び込む方法はいくつもある。

また、宅配便や郵便局員を装って、鍵を開けさせる手だってあるだろう。

安積にしてみれば、こうした設備は、家賃や分譲の値段をつり上げるための工夫にすぎないような気がした。防犯のためには、住民のひとりひとりが、用心をするしかないのだ。

須田が、四〇三号室用のインターホンに向かって悪戦苦闘していた。

たいした問題でなくても、須田にやらせると、四苦八苦しているように見えてしまう。

ようやく、ブザーが鳴りドアが開いた。須田は、ドアが閉じてしまわないように心配しながら、不器用そうに入口を通った。その後で、黒木がしなやかにドアの隙間をくぐった。

黒木は、安積が通るまでドアを片手で押さえていたが、眼は別の方向を向いており、さりげないやりかただった。

四〇三号室のドアチャイムを鳴らすと、しばらくして解錠する音がした。

若い女性が安積たちを出迎えた。ショートカットの愛らしい娘だった。

街を歩けば、何人かの男は、振り返るだろう。モデルか劇団の研究生といったところかもしれない。

「警視庁東京湾臨海署の安積と言います」

彼は、旭日章(きょくじつしょう)が付き、警視庁と書かれた黒い手帳を取り出した。それだけではなく、開いて、身分証を見せて、写真を確認できるようにした。

他の刑事はどうか知らないが、これが安積のやりかたなのだ。

刑事に尋問される者は、相手の身分を確認する権利がある。安積はそうした権利をおろそかにしたくはないのだ。善人面をしたいわけではない。そうすることで、負い目をなくしたいのだ。

「沢村街さんにお会いしたいのですが……」

「あの……、ご用件は……？」

「脚本家の瀬田守さんが、亡くなられたのはご存じですね。そのことで、うかがいたいことがあるのです」

「少々お待ちいただけますか……」

彼女は、奥へ引っ込んだ。沢村街本人におうかがいを立てにいったに違いない。

ほどなく、彼女は戻ってきた。緊張がありありと見て取れる。

だが、この緊張は、正常な反応だ。突然、刑事に訪問されて驚かないほうがおかしいのだ。彼女は言った。

「どうぞ。お入りください」

スリッパを人数分出された。安積は靴を脱いだ。3DKのマンションだった。リビングに当たる部屋に、机が並べられ、ふたりの男性とひとりの女性が、ワープロを打っていた。

ひとつあいている席が、応対に出た娘のものだろう。

男はふたりとも若かった。今風のおしゃれをしている。一心不乱にワープロを打つ姿は、何かに追い立てられているような息苦しさを感じさせた。女性は、男に比べると、ずいぶんと見すぼらしく見えた。ジーンズのパンツの膝は破れていたし、よれよれのスウェットのセーターを着ている。

だが、安積は、じきにそれが、彼女なりのおしゃれだということに気づいた。

この三人は、沢村街の弟子のようなものなのだろうと、安積は思った。

おそらく、ショートカットの娘だけが、違う役割なのだろう。

彼女は、デスク係であり、事務所の花なのだ。多分、タレントかレポーターといった仕事に就きたいと考えているはずだ。

「こちらです」

その娘が案内したのは、一番奥の部屋だった。あらかじめドアが開いていた。

沢村街は、電話をしていたが、眼で安積に挨拶し、応接セットのソファを身振りですすめた。

だが、三人の刑事は、立ったままだった。娘が、ドアを閉めて出ていった。無言の圧力をかけるためだ。

結局、安積たちは、沢村街が電話を切るまで立ったままで待っていた。

沢村街が、席から立ち上がり、机のまえに出てきた。

「沢村です。どうぞ、おすわりください」

柔らかな布張りのソファだった。安積と須田が並んでかけた。

安積の正面に沢村がすわり、そのとなりに黒木が腰を降ろした。

なかなかいいポジションだった。まず、正面から相手を見つめられるのがいい。

そして、三方から沢村を囲んでいる形になっている。

相手にプレッシャーをかける必要が生じたときにこの配置はほぼ理想的だ。

「瀬田守さんのことだそうですね」

沢村街は、安積をまっすぐに見つめ、きわめて真面目な態度で言った。

安積は、相手の観察を始めながら、うなずいた。

「そうです。瀬田守さんが、殺されたことはご存じですね」

「ええ。新聞やテレビで見ました。昨夜は、お宅に駆けつけました。まだ遺体が戻らないとかで、お通夜は、今夜になるということでしたが……。じっとしていられなくて……」

「瀬田さんとは、親しくお付き合いなさっていたのですか？」

一瞬、沢村街は、意外そうな顔で安積と須田の顔を順に見た。

「ご存じだと思っていたのですが……」

「何のことです？」

「私は、瀬田さんの付き人というか、丁稚奉公みたいなことをしていた時期があるんですよ」

「ほう。それは、いつごろの話ですか？」

「そうですね……。私が二十代の前半の頃の話ですから、七年ほどまえになりますか」

黒木は、手帳を出して、さっとメモを取り始めた。須田は、腕を組み、黙って沢村を見つめている。

「失礼ですが、今、おいくつですか？」

「三十一歳です。瀬田さんのところでお世話になっているときは、本当に食えませんでね……。ほとんど、食費の面倒を見てもらっていたといってもいいでしょう。よく、飲みにも連れていってもらいました。私は貧乏のどん底だったのですが、テレビの本屋というのは、贅沢を知らなくちゃいけないと言って、銀座のクラブに連れていってくれたのです。お蔭で今の私があるのですよ」

三十一歳！　安積は心の中で叫んでいた。しかも、七年まえは、食費にも困っていたのに、今では都心にこんな立派な事務所を構え、テレビに出演するまでになっている。

「どうしたらこういう成功を手に入れることができるのでしょうね？」

安積は、半ば本気で好奇心を覚え、尋ねた。沢村は悪びれずこたえた。

「何より運がよかったと思いますね。それと、名誉欲の強さです」

「名誉欲……？」

「ええ。私は、女にもてたいし、金もほしい。それは、すべて名誉欲につながっているのです。名前を売るためなら、つらい仕事も平気です。でも、逆に、名前の残らない仕事は、どんなにおいしい仕事でも引き受けません。それを、徹底してやってきたのです」

正直な言いかただと、安積は思った。沢村は、どんな内容の話でも、厭味に感じさせない才能があるようだった。その点が、彼の成功に一役買っているのは間違いない。

「それだけで、これほどの成功を収められるとは思えませんね」

「私は、興味があることにしか手を出しません。ドラマの脚本は書きませんし、報道番組もやりません。バラエティー番組やクイズ番組の企画を主な仕事にしています。その代わり、自分が面白いと思ったものには、とことん入れ込みます。いつも全力投球ですよ」

「なるほどね……」

「ええと……。こんな話をしにいらっしゃったわけではないでしょう？」

沢村街は、どうやら瀬田守の話をしたがっているようだ。

それは、ただ、単に忙しいせいで尋問を早く終えてほしいからだろうか？　それとも、ほかに何か理由があるのだろうか？　安積には、まだ、判断がつかなかった。

「瀬田守さんと最近お会いになりましたか？」

「いいえ。ここのところ、お互いに忙しくて御無沙汰していましたね……」

「瀬田守さんが殺されたのは、一昨日の夜九時から十時のあいだと推定されているのですが、この時間に、あなたは、瀬田さんとお会いになる予定だったのではないですか」

「ああ……」

沢村街は、まったく動揺を表さなかった。「さすが、警察はよくご存じですね。そうです。おとといの夜、久し振りに会って飲む予定になっていました」

「だが、あなたは、勝どき五丁目のパブで別の人と会っていた。タレントの水谷理恵子です」

「まいったな。芸能誌よりチェックが厳しいんですね。そのとおりです。水谷理恵子と食事をしていました」

「瀬田さんとの約束をすっぽかして……？」

「いえ、違いますよ。約束を断ってきたのは瀬田さんのほうですよ」

沢村街は、淡々と言った。まったく気色ばんだ様子がない。

安積は、思わず須田や黒木と顔を見合わせたくなったが、何とか沢村を見つめ続けていた。須田と黒木も同様に、安積のほうを見ようとはしなかった。刑事が尋問するとき、どんなにわずかでも動揺を相手に見せてはいけない。

刑事は、常にすべてを心得ているように振る舞い、優位に立たねばならない。

「瀬田守さんのほうから約束を断ってきた……。それはいつのことです？」

「当日の昼ですよ。ギョウカイの言葉で言うとドタキャンというやつですね。つまり、土

恵子との打合せです。それで、私のほうも別に予定を入れたわけです。つまり、水谷理

「打合せ？　さきほどは食事をしたと言いませんでしたか？」

「ああ」

沢村街は、真っ白い歯を見せて笑った。さわやかな笑顔というやつだった。「われわれのギョウカイでは、打合せというのはたいへん便利な言葉でしてね……。飲みに行くのも打合せ、ちょっとしたデートも打合せ、お茶を飲むのも打合せ……。そのように使うんです」

「それで、あなたの場合の打合せは、本当はどういう意味だったのですか？」

「本当の意味の打合せを兼ねた食事です。今度、私が、彼女のコンサートのプロデュースをすることになったのです」

「ほかのスタッフは？　コンサートの打合せなら、専門のスタッフや水谷理恵子の事務所の人間が必要でしょう」

「いえ、そういった正式な打合せではないのです。いわば、アイディアを練るまえの取材といったところですね。本人の要望を充分に聞いておかなければなりませんからね」

「あの店には、何時までいらっしゃいましたか？」

「そうですね……。十一時ごろだったと思います」

たいていの人間は、こういう質問をされると嫌な顔をするものだ。

なかには、露骨に食ってかかる者もいる。痛くない腹を探られたのが不愉快な場合と、罪を隠そうとして虚勢を張る場合とがある。だが、沢村は、まったく頓着しない様子だった。

「その後、どうなさいました?」

「水谷理恵子を送っていってから、自宅へ帰りました」

「帰宅なさったのは、何時ごろでしょう」

「ええと……。十一時に店を出て……。確か十二時になるかならないかだったと思います」

「ひとり暮らしですか?」

「そうです」

安積はうなずいた。これまでのところ、沢村街を疑わねばならない理由はないように思える。

彼は質問の方向を変えることにした。

「瀬田守さんが殺された理由について、何か心当たりはありませんか?」

「心当たりですか……。そうですね……。ないわけではありませんが……」

「ほう。聞かせていただけますか」

「……といいましても、直接関係あるかどうか……。おわかりいただけると思いますが、われわれのギョウカイというのは、いろいろなしがらみや権利関係が入り組んでいましてね」

「わかります。どんなささいなことでも結構です」

「どうか、参考程度に聞いておいていただきたいのですが……。瀬田さんは、最近、ある暴力団と何かもめごとがあったらしいのです。こうした仕事では、暴力団との付き合いは珍しいことではないのですがね……。なにせ、プロダクションのほとんどは暴力団の資本ですし、興行を打とうと思ったら、彼らとの付き合いなしには成立しません。芸能界は、暴力団の有力な資金源のひとつですからね」

「瀬田さんが、いざこざを起こしていた暴力団というのは、どこの組ですか」

「板東連合系の風森組だという噂でした」

「噂……? 本人から直接そのことについて聞いたことはなかったのですか?」

「ありません。情けないとお思いでしょうが、私は、とばっちりを恐れていたのです」

「いや、賢明な態度だと思いますよ。暴力団相手に余計なことをするのは、まったく愚かなことです」

「私も商売柄、いろいろな話を聞きますし、さまざまな人間に会います。なかには、暴力団の大物と知り合いであることを自慢げにしゃべりたがる人間がいます。でも、結局、そういう連中は、いずれは、痛い目にあうのです。暴力団と付き合って得をした素人なんてひとりもいませんよ」

「あなたは、お付き合いがないというわけですか?」

「なるべく関係を持たないように注意していますよ。プロダクションと話を進めるときには、必ず、間にテレビ局の人間を立てます。私は、暴力団関係者とはできる限り直接話をしないようにしています」

「瀬田さんがかかえていた問題というのは、どういうものだったのでしょう？」

「詳しくは知りません。なんでも、クスリ関係のもめごとだという噂でしたよ」

「麻薬ですか？」

「ええ……。あくまでも噂ですがね……」

安積は、しげしげと沢村の顔を見てから、須田に視線を移した。何か質問はないか、という意味だった。須田は、首を横に振った。黒木を見た。黒木もかぶりを振った。

「お忙しいところを、どうも……。これで失礼します」安積は言った。

安積は名刺を出した。「何か思い出したようなことがありましたら、ごめんどうでも、一報いただけますか」

沢村は、名刺を受け取った。

「わかりました。……へえ。刑事さんも名刺を置いていくのですね」

「ええ」

安積は立ち上がった。「時と場合によりますが」

9

安積は、マークIIに乗り込むと、駐車したまま今の尋問について吟味した。

「どこへ行きましょうか？」

黒木が、フロントガラスから正面を見つめて尋ねた。

「ちょっと待ってくれ……」

安積は言った。「ここで二手に分かれよう。私はいったん、署に帰る。おまえたちは、水谷理恵子に会いに行ってくれ。沢村街の話の裏を取るんだ。新事実が彼女から聞き出せれば、それ以上のことはない。マークIIはこのまま使ってくれ。私は、品川からバスで行く」

須田が思ったとおりの反応を示した。うれしそうに眼を輝かせたのだ。

「やった。水谷理恵子と話ができるのですね」

「そうだ。だから、なんとか収穫をつかんできてくれ」

須田の表情が、さっと引き締まった。

秘密を共有するときの小学生のような生真面目な顔だった。

「でも、彼女、けっこう売れっ子ですからね……」

黒木が前を見たまま言った。「うまく捕まるかどうか……。地方に行っている可能性もあるし……」

黒木がやってもみないでこうした台詞を吐くのは珍しい。安積は、おや、と思った。そして、じきに気づいた。

彼は、須田のように単純にうれしさを表現できないのだ。

誰だって須田のようには振る舞えないさ——安積は思った。

「そうだろうな。だが、できるだけ追っかけてみてくれ」

「わかりましたよ、チョウさん」

黒木の代わりに、須田がこたえた。「任せてください」

「沢村街だがな……」

安積は、口調を変えた。須田がわずかに身を乗り出し、黒木が振り向いた。「どう思う?」

「なかなか好青年ですね。苦労してきたからでしょう」

須田が言った。彼は今、人を疑うことを知らない幸せな聖職者のように見えた。

刑事にしては、あまりに人がよすぎるように感じられる。

「苦労というのは、被害者に丁稚奉公をしていたという話か?」

「ええ。それもありますけどね。以前、週刊誌か何かで読んだんですけど、彼、若いときにアメリカを放浪しているんですね。たったひとりで、何のつてもなくアメリカへ渡ったんだ。苦労したでしょう」

「アメリカ……？　そいつはいつごろの話なんだ？」

「そうですね……。アメリカから戻って、ほどなく脚本家として有名になっていったということですから、きょうの話を考え併（あわ）せると、瀬田守の弟子を辞めてからのことでしょうね」

安積は、二人の顔を交互に見ながら、言った。

「沢村街の経歴を手に入れてくれ。できるかぎり詳しいやつがいい。できれば、アメリカ時代のこともわかればいいんだがな……」

「わかりました。当たってみましょう」

須田が言い、黒木が手帳を出してメモした。安積は、黒木を見て尋ねた。

「おまえさんはどう思う？」

「こちらが何を言っても動揺しないのは、かえって不自然な気もしますね」

「確かに落ち着きすぎているな。だが、それだけで疑う理由にはならない」

世の中にはいろいろな人間がいるのだ。刑事と聞いただけで、自分が何をしゃべっているのかわからないくらいに舞い上がってしまう人もいる。

逆に、まったく感情に変化をきたさない人もいるのだ。

「そうですね……。ただ、風森組の話はどんなもんでしょうね……」

「どういう意味だ？」

「何だか、沢村街氏は、こちらの質問をあらかじめ予想していて、その答を用意していたような気がしてならないのです。あの、余裕たっぷりの態度は、そのせいじゃないかと……。たとえば、風森組のことです。沢村街氏は、瀬田守を殺したチンピラが、風森組の準構成員だということを知っていたと思うのです。新聞に出ていましたからね。自分の恩師とも言うべき人物の殺人の記事です。読んでいないはずはないと思うのですが……」

須田は何も言わなかった。

安積は、須田がどんな表情をしているか興味を持った。

見ると、須田は、捕まえた泥棒がわが子だと判明した善良な警官、といった表情をしていた。

黒木の言葉に驚き、なぜか少しばかり傷ついたような顔をしている。

「それじゃ何だか、沢村街が、被害者に何か罪を着せようとでもしているように聞こえるじゃないか」

「そうなのかもしれませんよ」

須田に言われ、黒木はこたえた。須田は、何も言い返さなかった。

「もう少し詳しく調べてみないと、何ともいえないところだな……」

安積は言った。だが、黒木の言ったことは無視できないと思った。

心証というのは大切だ。この場合、心証というのは、証拠はないが、心に引っ掛かるものがある場合のことをいう。

正確な法律用語では、心証は、証拠に対する裁判官の価値判断のことだ。

安積は、ドアを開けてマークIIを降りた。

「じゃ、水谷理恵子のほうへ行ってくれ。夕方、三田署の捜査本部で会おう」

マークIIは、走り去った。安積は、地下鉄日比谷(ひびや)線の広尾駅に向かって歩き始めた。

何かが、気になっていた。事件をかかえたときはいつもそうなのだが、まだ、手掛かりも充分にそろわないうちから、すでに結論が見えているような気がしてくるのだ。

もちろん、実際には何もわかってはいない。その、結論というのは、濃い霧の向こうにあるのだ。

ただ、確かに、自分はすべてをすでに直観しているという奇妙な気分だけがあるのだ。

ジグソーパズルが完成したときの絵柄は、作成する前から皆知っている。

安積は、事件が起きて捜査を始め、いくつかの基本的な事柄を把握した段階で、この奇妙な感覚に襲われる。完成したパズルの絵柄が、見えるような気がするのだ。

ただ、残念なことに、そんな気がするだけなのだ。実際に犯人がわかるわけではない。

もし、本当に犯人や動機などを言い当てることができるのなら辛(つら)い捜査など必要なくなる。

他の刑事も、そういった直観を持つのだろうか？　安積は考えた。

おそらく、持つのだろう。黒木が、沢村に対してあまりいい印象を持たなかったように見えたのは、そのせいなのかもしれない。だが、須田はどうなのだろう？

そう考えたとたん、何も言う自信がなくなってしまうような気がした。

まったく、須田というのは、不思議な男だった。安積は、もう一度沢村街の発言を最初から思い出してみることにした。

ベイエリア分署に着くと、安積は、外階段から、直接公廨へ上がった。

桜井が、ひとりで残っていた。安積が入っていくと、顔を上げて言った。

「係長……。捜査本部のほうはいいんですか？」

「だいじょうぶだ。須田と黒木がいるんだ。村雨と大橋はどうした？」

「高輪署から応援を頼まれた、港南の倉庫荒らしが、尾を引いてまして……」

「……そんなにめんどうな事件とも思えんが……？」

「そう……。みんなただの倉庫荒らしだと思っていたんですが、高輪署の鑑識が、現場からコカインを見つけてから、ちょっとめんどうな事件になったというわけです」

「驚いたな。コカインはどの程度の量見つかったんだ？」

「現場にごく少量こぼれていた程度だったそうです。倉庫荒らしの犯人が所持していたものが、たまたまこぼれたのかもしれませんが、積み荷のなかに隠されていて、倉庫荒らしは、そのコカインが目的だったとも考えられます」

「わかった。何か問題はないか？」

「あります。ここの刑事捜査課は明らかに人手不足です」

さしあたって、急を要する問題はないということだ。

「どこだってそうさ」

「交通課から少し回してくれればいいんだ……」

「おまえ、速水のところへ交渉に行くか?」

「とんでもない。署のなかで、速水小隊長と対等に口をきけるのは係長だけですよ。あの人、署長だってこわくはないんだから……。それに、人事に関しては、速水小隊長だって権限はありませんよ」

安積は、それ以上何も言わず、机の上のメモや資料をそれとなく眺めた。

桜井は、脚本家殺人事件のことを何も尋ねようとしなかった。

必要以上の興味は持たない。それが、彼らの世代の身上なのかもしれない。

安積は、ふと思いついて訊いてみた。

「桜井。大橋とはふたりで話すことはあるか?」

「もちろんありますよ。もっともあまり機会はありませんが……。大橋さんは、村雨さんといつもいっしょに歩いているでしょう。僕は、係長とたいていいっしょだから……」

「あいつは、この仕事のことをどう思っているのだろう?」

「はあ……?」

桜井は、ひどく突拍子もない質問をされたような顔をした。「それ、どういうことです?」

桜井の反応に、安積のほうがうろたえてしまった。

「いや……、刑事という仕事がどうのこうのという話じゃないんだ。あいつが、働きやすいと感じているかとか、まあ、そういった類の話だ……」

「そうですね。別に問題ないと思いますよ。特にあの人からそういう話を聞いたことはないし……」

「そうか。それなら、いいんだ」

「何か気になることでもあるんですか？」

「いや、そういうわけじゃない。私は気がきくほうじゃないんで、若い連中の気持ちがわからなくてな。時折、不安になる。若いやつのことは、若いのに訊くのが一番だと思ってな」

桜井はうなずいて眼を自分の机の書類に落とした。

彼はそれ以上、何も追及しようとしない。

この無関心さは、一時期彼らの世代の特徴といわれ、非難されたものだった。

彼らは、かつて新人類と呼ばれ、上の世代からずいぶんと気味悪がられたものだった。

だが、安積にとってみれば、むしろ歓迎したい傾向だった。

公廨のなかは、相変わらず一定のレベルを保った騒々しさで満たされている。

人は、静寂の中より、こうした状態のなかにいるほうが眠たくなるものだ。

安積は、徐々に心の働きが、鈍くなってきたのを自覚していた。

そこへ、村雨が帰ってきた。すぐ後ろに大橋が付き従っている。

「あれ、係長、いたんですか?」

村雨が言った。安積は顔を上げて、うなずいた。ごくろう、と口に出して言えばいいのだが、長い間、安積はそれをしたことがなかった。

部下も今では慣れてしまって、誰も気にしていないはずだった。

村雨は安積の机に近づいてきた。大橋は、自分の席に戻った。

「港南の倉庫荒らし、とんでもないものが出たんだって?」

安積は、村雨が報告を始めるまえに言った。村雨は、出端をくじかれたような顔をした。

「……ああ、桜井に聞いたんですね。そうなんですよ」

「……で、どうなんだ? その倉庫は麻薬犯罪に使われていたのか?」

「倉庫の持ち主が、はっきりしたことを言わないんで、ちょっと捜査が滞った状態なんですが、高輪署では、おおいにその可能性あり、と見てますね」

「なるほど……。それで、おまえさんはどう見てるんだ?」

「倉庫に盗みに入ったやつが、わざわざコカインをこぼしていくとは考えにくいですね。やはり、倉庫の積み荷のなかにコカインが隠してあり、それを知っていたものが盗み出した、というところだと思いますよ」

「では、このままでは済まないな」

「私もそう思いますね。麻薬絡みの盗みとなると、今後、もっと大きな犯罪に発展することになるでしょう。おそらく、暴力団と無関係ではないでしょうから、抗争事件か悪くすれば、殺人……」

「高輪署では、誰が指揮をとっている？」

「奥沢警部補です」

安積はうなずいた。奥沢は、高輪署・刑事捜査一係の係長だ。初老の警部補だった。

「脚本家の殺人の件だがな……。被害者の尿からコカインが検出された件、知っているか？」

「いいえ、そうなんですか？　そいつは初耳ですね」

「それで、風森組が、俄然、クローズアップされてきたというわけだ」

「風森組が、チンピラを使って、例の脚本家を殺させたというんですか？」

「わからん。風森組については、本庁のコンビが、捜査四課から情報をもらってくることになっているんだ。その結果はまだ聞いていない。これから、捜査本部へ行くつもりだ」

ふと、桜井と大橋を見ると、さすがに、興味深げに、安積と村雨のやりとりに注目している。

新人類であろうが、何であろうが、彼らも刑事なのだ。

村雨が、油断のない顔つきで言った。

「この事件は、つながっているんですかね？」

「どうかな……。今や、ヘロインの時代じゃなくて、コカインの時代だといわれている。六本木あたりのディスコで、驚くほど簡単に買えるという話だ。それほどコカインは蔓延しはじめている。どこにあってもおかしくないんだ。そういう意味では、ただ、コカインだから、というだけで、関連づけるのは無茶かもしれない」

「そうですね……」

「だが、可能性はないわけではない。密に連絡を取り合うんだ。私は、捜査本部に倉庫荒らしの件を報告しておこう」

「わかりました」

村雨は、にわかに元気づいたように見えた。安積はその理由についてしばらく考えた。つまり、久し振りに、ベイエリア分署の手柄になりそうな雲行きになってきたということだった。

もっと、はっきりいえば、村雨の手柄に――。

安積は時計を見た。午後四時を過ぎていた。彼は三田署へ出かけることにした。

机の上をざっと片づけ、立ち上がる。

「じゃあ、行ってくる。村雨、あまり入れ込むな。うちは、それでなくても人手不足なんだ」

「わかってますよ」

桜井を見ると、机の上の書類を見ながら、にやにやと笑っていた。

村雨はそれに気づかなかった。

安積は階段に向かおうとして、ふと思い直した。踵（きびす）を返して廊下の奥に向かう。

彼は、鑑識係のドアを開けた。いつもと変わらず、軽口を叩いては、笑いあっている声が聞こえた。

「おや、ハンチョウ、どうした？」

鑑識係長の石倉が言った。安積は、ゆっくりと鑑識の部屋を横切って、彼の机の脇へ行った。

「おまえさん、私をだましたな」

「なんのことだ、ハンチョウ」

「被害者の尿からコカインが出たなんて話、どの書類にも載っていなかったぞ」

「そんなはずないだろう。まさかな……」

言葉とは裏腹に、このベテラン鑑識課員は面白がっている。

「おまえさんの机の上は、まるで東京湾のごみ捨て場のようだ。そのなかに、大切な資料が紛れ込んでいるんじゃないのか？」

「そうかね？」

石倉は、書類の山を掻き回し、探すふりをした。そして、ほどなく一枚の紙切れを引っ張り出した。あらかじめ、そこにそれがあるのを彼は知っていたのだ。それは、明らかだった。石倉は、芝居を続けた。「おい、誰だこいつをここに置きっぱなしにしやがったのは！」

彼は、部屋中の人間に向かって怒鳴った。「たまげたな。こんな大切な資料を報告書から洩らすとはな……」

安積は、黙って石倉の芝居を見ていた。石倉は、紙切れを持って、安積に言った。

「すまなかったな、ハンチョウ。こういうわけだ」

安積は、小さくかぶりを振ってから、石倉を見すえ、言った。

「明日までに、必ず正式な書類にして、私の机と三田署の捜査本部に届くようにしておいてくれ」

「わかってるよ。そいつはもう、間違いなく……」

安積は、くるりと背を向けると戸口に向かった。何人かの鑑識課員が笑いをこらえていた。

廊下へ出ると、安積も、思わずにやにやとしていた。

石倉も私もけっこういい芝居をした——彼はそう思っていた。

10

三田署の捜査本部には、若手の刑事、筒井巡査がいて、彼は電話番をしていた。

安積が入っていくと、立ち上がって挨拶をした。安積はうなずいた。

彼は、午前の会議のときにすわった席に腰を降ろした。

次に帰ってきたのは、柳谷、磯貝のコンビだった。筒井は、三人にお茶を淹れた。

「どうだい」

柳谷が安積に尋ねた。安積は、首を横に振ってこたえた。

「さあ……。まだ、何とも言えんな……。だが、ちょっとひっかかることが出てきた」

「ほう……」

「みんなが帰ってきたら報告するよ。そちらはどうなんだ？」

「被害者の乗っていた白いベンツは、九時ちょうどくらいにあそこへやってきた。目撃者がいた」

「何のためにあんなところへやってきたのだろう？」

「そいつがわかればな……」

三田署・捜査一係長の梅垣が、中田（なかた）という名の刑事を連れて戻ってきた。

中田は、安積の記憶に間違いがなければ、二十九歳の巡査長のはずだ。

梅垣は、むっつりとした表情のまま、部屋を横切り、正面の席に座った。

司会進行役の柳谷のとなりの席だった。柳谷が何事か話しかけた。

何を言ったのか、安積には聞こえなかった。梅垣は、難しい顔でかぶりを振った。

おそらく、めぼしい収穫はあったかと尋ねられたのだろうと、安積は思った。

相楽と荻野が部屋に入ってきた。ある人物が、彼らに同行していた。

安積は、その男を見て、驚き、思わず相楽警部補の顔を見てしまった。

相楽たちに同行してきた男は、安積に、笑いかけた。

「元気か、安積」

「鳥飼(とりかい)……」

「ベイエリア分署の噂は聞いているよ。がんばっているようじゃないか」

「どうせろくな噂じゃあるまい」

相楽、荻野、そして三田署の刑事たちは、何が起きたのかという顔で二人のやりとりを見つめている。

相楽が、その男に訊いた。

「安積警部補と親しいのですか？」

その男はこたえた。

「話さなかったかな？　私と安積は警察学校での同期だ。初めて配属された所轄もいっしょで、同じ班で外勤をやったこともある。そのころからこいつは一筋縄ではいかないやつだった」

彼の名は、鳥飼元次(げんじ)。本庁の防犯部保安二課に勤める警部補だ。

防犯部保安二課は、薬事法違反や麻薬・覚醒剤に関する犯罪を扱う。

かつて、警察での最高の出世コースは、公安部に配属されることだといわれていたが、最近では、防犯部が俄然脚光を浴び始めた。

同じ警部補でも、小さな警察署の刑事捜査課係長と本庁の防犯部所属では、大きな差があった。

刑事部は、出世のコースから外れているのだ。

「殺人事件の捜査本部に、いったい何の用なんだ?」

安積は尋ねた。その問いに、鳥飼ではなく、相楽がこたえた。

「顔触れがそろったところで、説明しようと思う」

安積は、うなずいた。鳥飼は、安積のとなりの席にやってきた。

安積は、彼を歓迎した。

捜査本部などという場所でなければ、もっと素直に再会を喜んだだろう。

ふたりは、おそらく十年近く会っていない。だが、そんな気はしなかった。

ふたりは、周囲に遠慮しつつ、互いの身の上の話を交わした。

最後に、須田と黒木が帰ってきた。ふたりとも、疲れた顔をしている。

ふたりは、安積のそばへやってきた。

鳥飼はそれに気づき、立ち上がった。

「君の部下か。ではまた、後ほど、ゆっくり……」

安積のとなりに須田が腰を降ろした。大儀そうに、かすかなうめき声を洩らした。

「えらく疲れている様子だな」

「そうなんですよ、チョウさん。水谷理恵子に会うのに苦労したんですよ。なんせ、一時間単位で移動しているもんでね……。結局、横浜の町外れにあるテレビ局のドラマ専用スタジオでようやく追いついたんです」

「感激の対面だったか？」

「疲れていて機嫌が悪いようでしたね」

機嫌が悪い、か——安積は思った。

芸能人の素顔に触れると、たいていの者は幻滅を感じる。

彼らは、ひどく傲慢であり、自己中心的だ。若くして成功した芸能人ほどその傾向は強い。

須田は、それを機嫌が悪いと解釈するのだ。どちらが本当かはわからない。

どんなに傲慢な態度をとる人間でも、機嫌がよければ、愛想だっていいだろう。

須田が、相楽のとなりに行った鳥飼を見て尋ねた。

「チョウさん。あの人、誰です？」

安積は、身分と名前だけを教えた。自分との関係はしゃべらなかった。

司会進行役の柳谷が、会議の始まりを宣言した。

最初に報告したのは、柳谷に同行していた磯貝だった。彼らは、現場付近の聞き込みに行っていたのだ。

「被害者の車は、ほぼ、午後九時ちょうどに、あの場所にやってきたようです。車がやってきたところを目撃した人がおりまして……。ええ、竹芝桟橋にある東洋汽船という船舶会社の社員なんですが」

彼は、その人物の名前と年齢を言った。「この人物が、その時間をはっきりと供述しておりまして……。そのとき、車のなかは、ひとりだけだったということです」

「午後九時といえば、現場は暗かったろうに……」

荻野部長刑事が訊いた。「それなのに、車のなかに何人いたかわかったのか?」

「ちょうど、彼が歩いている歩道の側に駐車したわけです。停まるとすぐに、車のなかの人物は、ルームライトをつけて、何かを探し始めたそうで、そのときに、車のなかの様子がわかったのです」

荻野はうなずいた。

「その他の有力な目撃者は、奥田隆士逮捕のきっかけとなった、『Tハーバー』店員の木島純一、三十一歳ですが、奥田と被害者の関係については、なにも知らないということです」

「そいつは確かなんだろうな」

また、荻野が言った。

「確かだよ」

柳谷がこたえた。「うんざりするくらい、しつこく追及したんだ」

柳谷の眼は、わずかだが、感情の昂り(たかぶ)を表していた。

刑事に対して、おまえの調べてきたことは確かだろうな、などと尋ねるのは、医者におまえの見立ては信用できるだろうなと訊くようなものだ。柳谷は気分を害して当然だ。

荻野は、柳谷の態度を見て失敗に気づいたようだった。

彼はその時になって磯貝に柳谷がついていることを思い出したのだ。

荻野は言った。

「すまん。確認したかっただけなんだ」

「逮捕された容疑者の奥田隆士だがね」

梅垣係長が質問した。「その『Tハーバー』という店の中で麻薬を扱ったりはしていなかったのかね？」

「はあ……。そういう事実は確認されていません……」

磯貝は言った。歯切れの悪い口調だった。それに続いて、突然、鳥飼が発言した。

「『Tハーバー』という店がどんなところか知らないが、麻薬がやりとりされている事実はない」

一同は、鳥飼に注目した。

刑事たちは、鳥飼がなぜそこにいるのかに気づき始めていた。

そのほか、二、三の細々とした事実を述べて、磯貝は報告を終えた。

次に、梅垣係長といっしょだった中田が報告を始めた。

「奥田隆士の取り調べについては、進展はありません。ほぼ完全黙秘を続けています」

梅垣係長が補足した。

「どんなにがんばったって、結果は悪くなるばかりだってことは、口を酸っぱくして言ったんだがな」

「何かを期待しているんでしょうかね？」

柳谷が訊いた。梅垣は首を振った。

「どうもね……。自分の罪はどうでもいいような態度だな……」

「そんな……。殺人罪ですよ」

荻野が梅垣に言った。梅垣はうなずいた。

「そうさ。そこのところが鍵だよ。弁護士に吹き込まれたんだろう。今のところ、証拠といえば、彼が被害者のベンツから逃げ出すところを目撃されているということだけだ。これだって状況証拠にすぎない。弁護士は、今裁判をやれば勝てると考えているだろうな」

「自白があるでしょう」

荻野が言うと、相楽警部補が、たしなめるように言った。

「単独の自白は、公判では証拠能力はない。それくらいは知っているだろう」

「それでは、われわれは、また白紙の状態に戻ったわけですか？」

筒井が慌てた様子で言った。梅垣は、薄笑いを浮かべた。

「そんなことはない。奥田隆士が瀬田守氏を殺害したのは、ほぼ間違いない。そして、奥田隆士の身柄は、われわれが押さえている。奥田隆士と風森組の関係もわかっているし、被害者が、コカインをやっていたのもわかっている。どうだ？　少しは楽観的な気持ちになれたか？」

中田は、被害者・瀬田守の交友関係について報告を始めた。

瀬田守は、大物振るのが好きなタイプだったらしい。

仕事柄、親しい芸能人は多いがそれにとどまらず、その芸能人を通して、プロスポーツマンなどとも付き合っていたらしい。

芸能人とプロスポーツマンと言えば、その周辺には必ずやくざがいる。

瀬田は、暴力団員とも付き合いがあったということだ。

もともと芸能プロダクションとの付き合いがあったので、暴力団にそれほど抵抗を感じなかったのかもしれない。

あるいは、彼も、親しくしているかぎり、暴力団は恐ろしくないと錯覚している人々のひとりだったのだろうか。

梅垣と中田は、瀬田が付き合っている暴力団員のなかに、風森組の者がいたことを確認していた。

安積は、その点をチェックしておいた。安積たちが調べ出した事柄と関連している。

次は安積たちの番だった。こういう場面では、何といっても黒木の出番だ。

彼の報告は無駄がなく、なおかつ、必要なことはほとんどの場合、すべて含まれている。

黒木は、メモを見ながら、まず、沢村街から聞いた話の報告をした。

沢村街の、ある供述が、その場の雰囲気を変えた。一気に緊張を高めたのだ。

被害者の瀬田守は、風森組と麻薬絡みで問題を起こしていた、という供述だ。

「……あくまでも、沢村氏は、この話題を噂として聞いただけだとしております」

黒木はその点を強調しようとした。

しかし、捜査員たちの、ささやき合いは止もうとしなかった。

黒木はかまわず報告を続けた。彼には、こうした冷淡なところがある。

まるで、聞いている人間だけを相手にしているような感じだ。

「……続いて、事件当夜、沢村氏と同伴していた水谷理恵子さんの供述ですが、店を引き上げた時間、自宅へ送り届けてもらった時刻など、いずれも、沢村氏の供述と一致しております」

「瀬田守のほうから、その夜の約束をキャンセルしてきたそうだが……」

梅垣係長が眉間にしわを作って考えながら尋ねた。

「つまり、沢村街が、水谷理恵子と会う約束をするのは、そのあとでなければならないな。その点はどうなんだ？　彼女を捕まえるのに、今日はそうとう苦労したようだが、その日に限って、当日でも約束を取りつけられるほどスケジュールが空いていたというのは、不自然じゃないか？」

「もちろん、その点については質問しました」

黒木は言った。「その日は、沢村街といっしょのテレビ番組の録画の日だったそうです。クイズ形式のバラエティー番組ですがね……。テレビの録画は、どのくらいかかるかわからないので、事務所もそのあとにスケジュールを入れないようにしているということです。それを、沢村街は知っていたわけですね」

「ふたりはどうやって連絡を取ったんだ？」

梅垣はさらに訊いた。黒木はまったく慌てずにこたえた。

「沢村氏が、瀬田守氏からキャンセルの連絡があった時点で、すぐ水谷理恵子さんの自宅に電話したのだそうです。水谷理恵子さんは留守でしたが、留守番電話にメッセージが残されました。水谷理恵子さんは、しょっちゅう外から電話に入っているメッセージを聞いているので、今度は、彼女のほうから沢村氏の事務所へ電話したということです。この件については、テレビ局と沢村氏の事務所に裏をとってあります」

梅垣は額をかいた。彼は、難しい顔でメモを取り続けている。

安積は須田にささやいた。

「おまえたちに任せて正解だった。私なら、梅垣さんの追及を受けたらひとたまりもなかったかもしれん」

「チョウさんなら、もっとうまくやってますよ」

柳谷が安積に言った。

「何か、補足することは……？」

安積はうなずいて話し始めた。

「高輪署の案件なんですが、港南で倉庫荒らしがありました。その現場から、少量ではありますが、コカインが発見されたということです。この殺人事件との関連については、何とも言えませんが、両方の現場が比較的近いことを考え併せれば、無視できないと思い、

「そいつは、意外と当たりかもしれん」

鳥飼が言った。「あのあたり一帯で、かなり大規模なコカイン取引が行われているという情報が入っている。この殺人事件は、それに関連してのことかもしれない」

捜査員たちは、鳥飼に注目した。続いて、相楽警部補が言った。

「安積さんのところがよろしければ、われわれの報告に移らせていただきますが？」

柳谷が安積を見たので、安積はうなずいてみせた。

柳谷は、「どうぞ」とうながした。

相楽が話し始めた。

安積は、相楽の声を久し振りに聞くような気がしていた。

「捜査四課によれば、やはり、板東連合系風森組はコカインを扱っているとのことです。これまで、決定的な現場を押さえることができず、検挙には到っていませんが、捜査四課では、その機会を狙っているという状況です。そして、風森組の覚醒剤売買の勢力範囲のひとつに、東京都の湾岸地区があるのは確かなようです」

「湾岸地区といっても広いが……」

柳谷が言った。

そう、広いのだよ。安積は思った。

私たちベイエリア分署の苦労もわかろうというものだ。

相楽ではなく、鳥飼がこたえた。

「竹芝桟橋がある海岸一丁目、日の出桟橋がある海岸二丁目、芝浦岸壁のある海岸三丁目、そして、港南の三丁目と五丁目……。こういったところだ」

「安積さんの縄張りだ」

梅垣が言った。安積はこたえた。

「思い出した。風森組ってのは、もともと港湾労働者を仕切っていた組でしょう」

「そう」

相楽がうなずいた。「けっこう歴史のある組だが、港だけでは食っていけなくなって、板東連合に身売りしたというわけだ。今では、クラブ経営、興行から、売春、覚醒剤（かくせいざい）まで手広くやっている」

「私がここへやってきたのも、そうした情報を提供するためだと思っていただきたい」

鳥飼が言った。

「それだけではないでしょう?」

梅垣が、意味ありげな笑顔を向けて言った。眼が底光りしていた。

「そう。それと同時に、いろいろと忠告をさせていただきたいと思いましてね。われわれは、極秘に、麻薬の捜査を進めている。秘密の保持が何よりも最優先されねばならないのが、麻薬捜査の特徴だ。いかに殺人事件の捜査とはいえ、われわれが苦労して作り上げた情報網をぶち壊したりされるとたいへん困るわけだよ」

「忠告ね……」

梅垣係長が、ゆっくりと言った。「もしくは、監視……」

11

捜査会議が終わると、鳥飼が安積に声をかけた。

「安積、一杯やる時間はないか」

「いや、残念だが、これから持ち場に戻る捜査員もいる。安積は周囲の気配を察してこたえた。私も部下と相談したいことがある」

「そうか。では、容疑者を全員逮捕して、送検が終わったら、ゆっくりとな」

「ああ。その日を楽しみにしている」

安積は、須田、黒木を従えて、捜査本部を出た。

「私は署に戻るが、おまえさんたちはどうする？」

「俺も戻りますよ、チョウさん。署で受け取らなきゃならないものがあるんです」

「俺がマークIIを運転していきますよ」

結局、三人とも、署に戻ることになった。

安積は、須田が何か話したそうにしているような気がした。

須田はそうした気持ちを隠しておくことができない。

黒木は、相変わらず、よく訓練された兵士のように颯爽としている。

安積たちがベイエリア分署に戻ってみると、村雨、大橋、桜井の三人がまだ残っていた。

「倉庫荒らしの件、何か進展あったか？」

安積は、席に着くと、すぐに村雨に尋ねた。

「倉庫の持ち主ですがね……。おそらく、脅しがかかっていますね」

「暴力団か？」

「まあ、それしか考えられないでしょう」

「風森組を知ってるな？」

「知ってますよ。今回の脚本家殺しに絡んでいる組でしょう？」

「もともと、東京の埠頭で働く港湾労働者を仕切っていた組なんだ。今は、手広く稼いでいるらしいが……。なんでも、昔からのつてで、海岸や港南あたりに顔がきくらしい。倉庫業者も押さえているだろう」

村雨の眼付きがいっそう真剣になった。

「風森組は、コカインを扱っているんでしょうかね？」

「本庁の連中の話によると、扱っているそうだ」

「係長、こいつは、ますます倉庫荒らしの件が、脚本家殺しと結びつきそうな気配になってきましたね」

「先入観は、禁物だぞ。だが、本庁の連中は、今回の殺人を風森組の仕業と考えている節があるな」

「高輪署の連中に伝えておきます」

「頼む」

安積は、須田と黒木を見た。須田は、コンピューターの端末が置かれた席にすわり、しきりに、キーボードのキーを叩いている。

安積は、その席に須田以外の人間がすわったのを見たことがなかった。

そのコンピューターのディスプレイを須田の後ろから、黒木が見つめていた。

「お、出てきたぞ……」

安積はそちらが気になっていた。若い桜井と大橋も興味をそそられているようだ。

やがて、プリントアウトされた紙を手に須田が安積の席に近づいてきた。

「はい、チョウさん、これ……」

「なんだ……?」

「昼間、言われた書類です。沢村街の経歴です」

「おまえさん、妙なところから取り出したな……」

「別に妙じゃないですよ。みんな、便利なものを利用しないだけです」

「あの、コンピューターでどうやって沢村街の経歴を手に入れたんだ?」

「簡単ですよ。新聞社のデータバンクにアクセスしたんです。もちろん、有料ですがね。でも、水谷理恵子を追っかけていて、沢村街の経歴書までは手が回らなかったんです。遅くなるより、有料でも、早いほうがいいと思って……」

「いや、いいんだ。私は、本当にどうやったのかを知りたかっただけだ」

安積は、渡された紙に眼を通し始めた。

ふと、気づいて眼を上げると、まだ須田が立っていた。

何か言いたそうにしている。

担任の先生に気持ちを察してもらいたがっている小学生のようだった。

安積は、沢村街の経歴のプリント・アウトを『未決』と書かれた箱に入れた。

「何だ。話でもあるのか？」

「ええ……。まあ、それほどおおげさなことじゃないと思うんですが……」

安積は、立ち上がって、村雨に訊いた。

「課長は、まだいるのか？」

村雨は、首を横に振ってから、時計を見た。午後八時になろうとしていた。

この時間まで課長がいるはずはない、という意味だった。

安積は、衝立で仕切って作られた、課長室を使うことにした。

須田に、いっしょに来るように言った。須田が言った。

「黒木もいっしょのほうがいいかもしれません」

「わかった」

須田が黒木を呼んだ。黒木が最後に課長の小部屋に入り、ドアを閉めた。

「どんな話だ？」

「ええ……。これ、俺の勘というか、印象みたいなもんでしかないんですがね……」

「わかった。いいから、話せ」

「水谷理恵子ってのは、ものすごく痩せてるんですよね。なんか、色も白くて……、というより、蒼白いってのかな、どこか病的な感じがするんですよ。チョウさん、知ってます？」

「知っている。テレビというのは、太って見えるらしいが、彼女はテレビで見ても、細いな、という感じがする。だが、それがどうしたというんだ？」

「証拠は何もないんで、捜査本部では言わなかったし、他の連中に聞かれたくなかったんですが、ひょっとしたら、彼女、麻薬を常用してるんじゃないかと思って……」

安積は、須田をしげしげと眺めた。須田の観察眼はおろそかにはできない。

特に、それが、人間に向けられたときは、誰もかなわないほどの洞察力を発揮する。

安積は、黒木のほうを見て尋ねた。

「おまえはどう思った？」

黒木は、ごくわずかの時間、言い淀んでいたが、やがてはっきりと言った。

「僕にはわかりません。そういうことには注意していなかったので」

安積は、須田に視線を戻した。

「しかし、そうだとしても、確かめる術はないぞ。証拠がないことにはな。まさか、本人に訊くわけにもいかないし」

「そうですよね……。でも、もし、彼女が麻薬を常用していると仮定したらですよ、本庁の連中とはちょっと違った推理が成り立つんじゃないかと……」

「ほう……」

「つまりですね。相楽さんや保安二課の鳥飼さんなんかは、この事件は、瀬田守が風森組とコカインの件でトラブルを起こして消されたと考えているようですね。でも、水谷理恵子がコカインか何かをやっていたら、どうでしょう。瀬田守と水谷理恵子の両方ともコカインをやっていた。そのふたりを結ぶのは沢村街ということにはなりませんか？」

「どうかな？　私も、まだ被害者は風森組に消されたという説のほうに分がある気がするな。沢村街も被害者は風森組ともめていたという噂があると言っていたじゃないか。それに、港南の倉庫荒らしの件もある」

「ええ……。そうかもしれませんね……。でも、黒木が、あのとき言いましたよね。あらかじめこちらが訊くことを予想して答を用意していたような気がするって……。それが、ずうっとひっかかっているんです」

「おまえさんは、そのとき、沢村街を弁護したはずだ。黒木の言いかたは、まるで、彼が被害者に罪を着せようとしているかのようだ、というようなことを言って」

「そうですね。ええ、覚えてますよ。でも、それは、水谷理恵子に会うまえの話ですよね」

「おい、水谷理恵子に会ったら、沢村街の印象まで変わっちまったというのか」

「そういうことになりますね」

「驚いたな。おまえさん、あっさりそれを認めちまうんだ?」

「認めますよ。本当のことですからね」

安積は、黒木を見た。

「おまえはどう思う?」

「俺は、あのとき言ったとおり、沢村街にはあまりいい印象を持ちませんでした」

「だからといって、容疑に結びつくような点もなかったと思うが……」

「はい。でも、捜査本部では、被害者と会う約束を軽視しすぎるような気がします。被害者が殺害された時刻に、沢村街は、被害者と会う約束をしていたのです。これは事実です。その約束をキャンセルしてきたのは、被害者の瀬田守のほうだということですが、それを確認する方法はありません。死人に口なしです」

「なるほどな……。水谷理恵子の件は、俺に預からせてくれ」

須田が尋ねた。

「調べる方法があるんですか?」

「わからん。だが、保安二課の鳥飼にでも聞いてみようと思う。餅(もち)は餅屋というからな」

「そうですね……」

須田は、とても賛成しかねるといった顔つきをしている。

「何だ？　私はまずいことを言ったか？」

「いえ、そんなことはありません。ただ……」

「ただ、なんだ？」

「どうも、本庁の連中は、沢村街を故意に無視しようと仕向けているような気がするんです」

「須田さんもそう思いますか」

　黒木が言った。安積はすっかり驚いてしまった。

「おい。冗談じゃないぞ。やつらが、捜査をねじ曲げようとしているとでも言いたいのか？」

　安積は、須田が慌てて言い繕うものと思っていた。だが、そうではなかった。

「何か、理由があればそうするでしょうね。チョウさんみたいな警察官ばかりじゃありませんからね」

「なるほど、おまえさんが、言いづらそうにしていたわけがようやくわかったよ。おまえさんたちの言い分は、心に留めておこう」

　須田と黒木が先に部屋を出た。

　安積は、しばらくひとりで課長の椅子にすわっていた。

　冷静に考えなければならないと思った。部下たちは、過去の相楽のやりかたを見て、先入観を持っているのかもしれないとも考えた。

相楽は失敗し、安積が的の中心を射止めるという先入観だ。

しかし、安積は、須田や黒木がそれほど愚かではないことも知っていた。

もし、須田と黒木の言っていることが正しかったとしたら、どうなるだろう——安積は思った。

あってはならないことだが、捜査方針が何者かの意思で正しい方向からそらされていることになる。

そんなことはないと信じたい。須田も黒木も考えすぎに違いない。

安積はそう考えながら、課長室を出た。

彼は、まだ残っている部下たちに言った。

「どうしておまえたちは家に帰りたがらないんだ？」

その言葉を合図に、彼らはようやく帰り仕度を始めた。

「じゃ、お先に、係長」

みんなを代表して村雨が言った。当直の黒木を残して、彼らは、部屋を出ていった。

黒木は、いつも整理整頓されている机に向かって、書類仕事をしている。

安積は、自分の席にすわると、さきほどの沢村街の経歴書を取り出して読み始めた。

沢村街は有名私立大学の付属高校を卒業し、そのままその私立大学に入学していた。

その大学を中退。その五年ばかり後に、アメリカへ渡っている。

アメリカには約二年間滞在している。どういう査証で滞在していたかは不明だ。おそらくは、学生ビザだろう。

帰国後、まもなく、ラジオ番組の脚本家としてデビュー。翌年には、テレビ番組を手がけ始める。

そして、次々とヒット番組を世に送り出すことになる。

同時に、アイドル歌手のレコード・プロデュースや作詞も始め、こちらでもヒットメーカーとなっている。

才能と幸運に恵まれた人生。まさに、その典型だった。

アメリカ時代に何をやっていたかは、書かれていない。新聞社のデータバンクには必要のないことだ。

そういうことは、警察で調べなければならないのだ。

出身地は東京だった。家族構成なども記載されていない。

大学を中退してアメリカへ旅立つまでの五年間も空白になっている。

この五年の間に、瀬田守に弟子入りしたのだろう。瀬田のもとに何年いたかもわからない。

もう一度、沢村街を訪ねる必要があるかもしれない。安積はそう思った。

最後の備考欄を眺め、安積は、その紙をまた『未決』の箱に入れようとした。

だが、彼は、すぐに経歴書を手もとに引き戻した。

安積は、備考欄を睨みつけていた。そこには、彼の伯父のことが記載されていた。

沢村街の伯父は、静岡選出の衆議院議員で、与党の幹部のひとりだった。沢村優太郎という名で、党三役のひとつである政調会長を務めたこともある。

安積は、頭のなかで、何かが弾けたような気がした。

沢村優太郎という名を見つめたまま、安積は、黒木に声をかけた。

「おい、知っていたか？　沢村街の伯父さんは、沢村優太郎だったんだ」

「はい」

黒木は、あっさりと言ってのけた。「さっき、コンピューターのディスプレイで見ました」

安積は、顔を上げて黒木を見た。

「なるほど、そういうことか。おまえたちの発言には、こういう裏付けがあったわけだ。ただ、勘だけでしゃべっていたわけじゃないんだな」

「あくまでも、印象が先でした。須田さんもおそらくそうでしょう。でも、係長に話す気になったのは、沢村優太郎の名前を見つけてからでしょうね」

「ひょっとしたらとんでもないことになるかもしれないぞ……」

「ええ。俺もそう思いますね」

黒木はあくまでも冷静に言った。まったく、こいつは、よく訓練された兵士だ、と安積は思った。感情を表に出さない習練を積んだようだ。

警察学校でそんな訓練をするはずはないから、持って生まれた性格なのだろう。

安積は、確かに興奮していたが、同時に徒労感を覚えた。

ひどく疲れたような気がした。彼は、立ち上がって言った。

「私は帰る。あとを頼むぞ」

「お疲れさまでした」という、えらくあっさりした感じの黒木の声が聞こえた。

安積は、リビングルームで、二杯目の水割りを飲み始めたところだった。

飲んでも酔えそうにはなかった。

明日は、一番で相楽を捕まえ、確かめなければならないと思った。

捜査に圧力がかかっているかどうか――。

あるいは、相楽たちの捜査に圧力をかけるというのは、沢村優太郎の存在は影響しているかどうか――。

刑事事件の捜査方針に、そうとうに難しい。

かなりの権力を持った人物でも、そんなまねはできない。

だが、不可能ではない。悔しいが安積はその事実を認めざるを得なかった。

電話が鳴り、安積ははっとした。署からの緊急の呼び出しではないかと思ったのだ。

二回目の呼び出し音の途中で受話器を取った。

「はい、安積です」

「いつも、受話器を取るのが早いのね」

若い女性の声だった。誰かはすぐにわかった。娘の涼子だ。

「署からだと思ったんだ。まだオーストラリアにいると思っていたんだがな……」

「そうよ。あさって帰るの」

「これは国際電話か」

「そう。それでね、すごい荷物なわけ。できたら、お父さん迎えにきてほしいんだけど……」

「成田空港までか？　何時に着く予定だ？」

「午後九時着の日航機よ」

「午後九時か……。何とかなるかもしれん。だが、わかっているだろう。約束はできない」

「ロビーに出ていなかったら、あきらめて、女ふたりで何とか帰るわ」

「できるだけ行くようにする」

「助かるわ」

「母さんは元気か」

「元気よ。代わる？」

「いや、いい」

「そう……。じゃ切るわね。電話代もばかにならないの。お迎え、お願いね」

電話は切れた。安積は、受話器を置いた。

12

安積は、三田署の捜査本部に直行した。三田署に着いたのは、午前八時三十分だった。

すでに、筒井と中田が来ていた。筒井が、安積にお茶を淹れた。

次々と捜査員たちが集まってくる。朝は、みんな冴えない顔をしている。

黒木は、当直明けで休みのはずだった。だが、捜査本部に姿を現して安積を驚かせた。

「どうしたんだ？　明け番だろう？」

「どうしても気になりましてね。昨日、われわれが言ったことに責任も感じますし」

黒木らしい言いかただった。

彼は当直明けだというのに、疲れた感じがしなかった。

須田がやってきた。彼は、安積と同様に、黒木を見て驚いた。

だが、そこにいる理由は尋ねなかった。即座に理解したに違いない。

最後に、本庁の三人が現れた。相楽警部補、鳥飼警部補、荻野巡査部長の三人。

相楽は、相変わらず精彩がない。

そういえば、相楽は、沢村街の名を聞いてから、急におとなしくなったような気がする。

安積は、そう思った。

相楽が席に着くまえに、安積は立ち上がり、近づいた。

「ちょっと、ふたりで打ち合わせたいことがあるんだが……」

相楽は、明らかに驚き、そして、わずかにうろたえた。

「しかし、捜査会議が始まるぞ。会議のあとじゃいかんのか？」

「そんなに時間を取らせないつもりだ」

相楽は柳谷を見た。柳谷は、興味深げにふたりを見て言った。

「かまわんよ。ベイエリア分署のチョウさんが言うんだ。重要な用件なのだろう」

安積は、柳谷に尋ねた。

「どこか、ふたりで話せる場所はないかな？」

「出て突き当たりに取調室が並んでいる。空いているところを使えばいい」

「おい、私を尋問でもしようというのか？」

相楽は、言った。安積には、それが冗談に聞こえなかった。

取調室に入ると、安積は、記録係の席に腰を掛けた。相楽は立ったままだった。

「何の打合せだというんだ？」

相楽が苛立った様子で言った。

「どうして、保安二課の捜査員など連れてきたんだ？」

「必要だったからさ。コカインに関する情報は、彼らが一番詳しい」

「それだけか？」

相楽は落ち着きをなくしてきつつあった。取調室で尋問をすることはあっても、されるのは初めてだろう。

「どういう意味だ？　いったい何が言いたいんだ？　はっきり言ったらどうだ」

「あんた、沢村街から私たちの眼をそらさせようとしているんじゃないかと思ってな」

相楽は、安積の顔を見つめていた。奇妙な表情だと安積は思った。決して、罪を指摘された者の表情ではない。むしろ、誇りを傷つけられた者の顔だった。

安積は、続けた。「あんたは、沢村街が、沢村優太郎の甥であることを最初から知っていたのだろう。沢村街に容疑がかかるのは、都合が悪いと判断したのか。あるいは、もっと露骨にすでに、捜査に圧力がかかり始めているのか……。その辺を話してもらいたいんだがね」

「それ以上、私を侮辱すると許さん」

「私は、本当のことを知りたいだけだ。あんたが何かをたくらんでいるとしたら、その点についても知っておかねばならない。捜査方針に関わる問題だからな」

相楽は、明らかに怒っていた。

それは、演技の怒りではなく、本当に傷ついた者の憤りに見えた。

「確かに、私は、沢村街が沢村優太郎の甥であることを知っていた」

「それで……？」

「君たち所轄には所轄の、そして、本庁には本庁の苦労というものがある」

「具体的に話してほしい」

「国会議員の親類縁者が容疑者となったケースはこれまでにもいくつかある。そういうとき、たいていは、警察庁の刑事局を通して何らかの指導、あるいは、指示がある。つまり、圧力だ。今回も、放っておけばそうなる危険があった。私は、考えねばならなかった。どうしたら、この捜査に圧力がかかるような事態を避けられるだろうかと。それで、私はカムフラージュを使うことにした」

「カムフラージュ?」

「そうだ。風森組と保安二課がカムフラージュだ。陽動作戦といってもいい」

「つまり、捜査本部は、今回の事件を風森組によるコカイン絡みの犯行と考えている——周囲にそう思わせるという作戦か?」

「そうだ。沢村街をつつきすぎると、おそらく沢村優太郎が動き出す。ただ、単に沢村街がかわいいからではない、甥の周囲を警察がうろちょろするだけで、自分の政治家生命に関わるからだ」

「よくわかっている。では、あんたは、私たちの捜査を故意に沢村街から引き離そうとしていたことは認めるのだな?」

「そういう形に仕向けようとは思っていた。そうしておいて、秘密裡に沢村街に捜査の手を伸ばそうと考えていたんだ」

「なぜだ……」

安積は絞り出すように言った。「なぜ、私たちまでだまそうとしたんだ？」

「こういうことは知っている者が少ないほどいい。警察署には、記者がいつも出入りしている。刑事には、夜回りの記者がそれぞれ張りつく。マスコミへの漏洩(ろうえい)が一番こわい」

「それが、あんたの最大の欠点だ」

安積は人差指を相楽に向けて、強い口調で言った。

「なぜ、同僚を信用できん？　どうして、捜査会議でみんなに相談しようとしないんだ？　それではまとまるものもまとまらなくなる」

「君には君のやりかたがあるだろうが、私にはこうしたやりかたしか思いつかないのだ」

悲しい男だと安積は思った。

あんたは同僚を敵としてしか見ないからそういうことになるのだ。

敵は同僚ではなく、犯罪だという簡単なことにどうして気がつかないのか？

「捜査員たちのなかに不信感が芽生えつつある。ちゃんと説明すべきだ」

「不信感？　私のやりかたを疑っている者がいるということか？」

「捜査員はばかじゃないんだ。忘れるな。彼らは、刑事なんだ」

「だが……。機密を保持できるという保証はあるか？」

「保証だと？　情けないな。あんたは、敵と味方の区別もつかないんだ」

相楽は、安積を無言で見つめていた。安積はふと気づいて言った。

「もしかして、保安二課の鳥飼にも、話してないのか？」

「その必要はなかった。協力を要請するだけで充分だった。彼らも風森組をマークしていたからね」

安積は、眼をそらして、あきれたというふうにかぶりを振った。

鳥飼には、私が話すしかなさそうだ。安積は、思った。

「もう、これ以上は、捜査員たちを欺けない。彼らは、あんたが考えているよりずっと優秀なんだ」

「君は、どうして私のやりかたを認めようとしないんだ？」

「簡単なことだ。通用しないからさ。鳥飼には、私から話しておく。その間に、みんなに説明するんだ」

「もし、捜査に圧力がかかるようなことがあったら、君に責任を取ってもらうぞ」

どうしてこういう連中は、責任のなすり合いが好きなのだろう？

「かまわんよ」

「しかたがないな……。君がそこまで言うのなら……」

相楽は、背を向けると、取調室を出て行った。

それにしても――安積は思った。相楽が、圧力に屈して、捜査方針をねじ曲げようとしているのではなくて、本当によかった。

安積は、鳥飼を廊下に呼び出して、相楽の計画について説明した。

鳥飼は、おもしろくなさそうな顔をしたが、その表情と裏腹のことを言った。

「まあ、そういう気遣いもわからないではない……」

「さて、カムフラージュに利用されようとしたのだとわかっても、まだ、協力はしてもらえるのかな」

「おまえが、頼むと言えばな……」

「頼む」

鳥飼は、片方の眉を吊り上げてみせた。意外だな、といった表情だ。

「昔はもっと自尊心の強い男だと思っていたがな……」

「人間は利口になるものだ。自分ひとりでないことがわかりはじめる」

「いいだろう。捜査本部への協力は続行しよう」

「そこでだ、ひとつ調べてもらいたいことがあるんだがな」

「なんだ？」

「水谷理恵子というタレントがいる。彼女が麻薬の常習者かどうか、知りたい」

「……どこからの情報だ？」

「うちの捜査員が彼女に会った。そのときの印象だ。確証はない」

「それで、おまえは、その捜査員の意見を信頼しているというわけだ？」

「検討に値すると思っている」

「わかった。調べておこう」

ふたりは、捜査本部が設置されている小会議室に戻った。

会議室のなかは、静まり返っていた。妙な気まずさが感じられた。

相楽が、これまでのいきさつを説明し終えたことがわかった。

安積と鳥飼が席に戻ったのを見て、柳谷が咳払い（せきばら）をした。

「えー……。それでは、会議を始めたいと思います……」

安積は、そっと須田に尋ねた。

「相楽はどんな塩梅（あんばい）だった？」

「まあ、説明はよくわかりましたよ。ただ、最後に一言余計なことを言いましてね。みんな、しらけちゃったんです」

「余計なこと？」

「私の配慮を無にしないように、細心の注意を払っていただきたい――こうですよ」

安積は、ものを言う気力をなくしそうだった。

捜査員たちの心証はどうあれ、相楽の計画はそのまま引き続き実行されることになった。三田署の刑事たちも、ベイエリア分署の刑事たちも、感情的にそれを拒否するほど愚かではない。

昨日の捜査結果と、各自の分担の確認が行なわれた。

安積は、沢村街にもう一度会う必要を昨夜から強く感じていたが、これもままならなくなった。

安積は言った。

「沢村街に尾行を付けたいのだが……」

「尾行？　それはやめたほうがいい」

相楽が言った。「気づかれると面倒なことになる。第一、今の段階で尾行が必要とは思えん」

柳谷が安積に言った。

「チョウさん。俺もそう思うよ。今は、まず、外堀を埋める時期だ。沢村街が、犯行に関係しているという確証は、まだ何もないんだ」

確かに、相楽や柳谷の言うとおりだった。

沢村街よりも、風森組を捜査するほうが現実的だった。

「そうだな……」

安積は、うなずいた。「あんたたちの言うとおりだ……」

「それで、風森組に家宅捜索(ウチコミ)をかける目処(めど)は立つのかい？」

梅垣係長が相楽と鳥飼を交互に見ながら尋ねた。

鳥飼がこたえる。

「時機は慎重に選ばなければならないが、何とかなると思う」

「捜査四課とも連絡を密に取らなければならない」

相楽は言った。彼は、すでにふさぎこんではいなかった。

そうなると、彼の態度がまた鼻に付き始めた。安積は、そういうことをなるべく気に掛けまいと思った。こだわったほうが、損をする。

「奥田隆士のほうはどうですか?」

安積は、梅垣に尋ねた。

梅垣は首を横に振った。

「風森組のお抱え弁護士がよっぽどうまいこと、吹き込んだに違いない。牡蠣(かき)のように口を閉ざしてるよ。でなければ、ひどく強情なやつなんだ」

「事件のからくりは、彼が全部知ってると思うんですがね……」

安積が言うと、梅垣は、苦い顔で何事かつぶやいたようだった。

会議が終わり、安積は、須田と黒木を連れて外へ出た。

安積は黒木に言った。

「おまえは、もう帰っていいぞ。相楽の説明は聞けたんだ」

「そうだよ」

須田が言う。「明け番なんだから、休むのが当然なんだ」

黒木は、ふたりの言葉には取り合わず、言った。

「係長。俺、沢村街の尾行、やってみましょうか?」

「いや……。おまえも私たちも、顔を見られている。気づかれず尾行するのは難しい」

「うまくやってみせますよ。気づかれやしません」

「いいんだ。尾行よりもっとやるべきことがあるような気がしてきた。それに、沢村優太郎のことを考えると、あまり強引なことはやりたくない。今の段階で尾行など付けたら、人権問題になりかねない。情けないことに、私は、さっき、そんなことにも気づかなかった」

「チョウさんの気持ち、わかりますよ」

須田が言った。

「とにかく、今は、聞き込みだ。被害者の知人で、沢村街を知っている者も少なくないはずだ」

「被害者は一回結婚して、離婚しているんですが……」

そう言ってから、須田は、ちらりと安積の顔色をうかがった。余計なことは、気にしなくていいと言ってやりたくなったが、安積は、黙っているほうがいいと判断した。須田が続けた。「その、家族については、三田署が聞き込みに行ってるんですよね」

「こちらは、仕事関係を当たろう。そのほうが実り多い気がする」

「まず、どのへんから攻めます？」

「被害者が手がけた最後の仕事は何かを調べ出すんだ。その関係者を尋ねるのがいいだろう」

「わかりました」

須田がうなずいた。
黒木は、須田と安積のやりとりをじっと聞いていた。
須田は、黒木に気づいてまた言った。
「帰って寝たほうがいいよ。何かあったら呼び出すから」
「そうしろ」
安積が言うと、黒木は、ようやく、首を縦に振った。
「はい。そうします」
実際、警察の捜査というのは、黒木のような若者で成り立っているのだ。
だが、人間、休めるときには休んでおかなくてはならない。
でなければ、いざというときに使いものにならなくなる恐れがある。
黒木は、ＪＲ田町駅へ出ると言って歩き始めた。
安積と須田は、マークIIに乗り込んだ。
須田が運転席に座った。
安積は須田が運転しているところを見たことがなかった。
彼は、密かに不安に思っていた。
須田と安積は、いま、車の中で、同じ書類を見ていた。
被害者が作ったテレビ番組の、最近のリストだった。
三田署の捜査員が、被害者の手帳や、部屋に残っていた台本からつくり出したものだ。

「一番新しいものと言えば、午後の連続ドラマですね。TLRテレビの……」

「おまけに、これは、半年も続いている。よし、こいつからいこう」

「TLRテレビは、と……。虎ノ門ですね。地下鉄の神谷町駅の近くだ。じゃ、出発します」

安積は、思わずシートベルトを確認していた。須田がそれに気づいた。

彼はにたにたと笑って言った。

「だいじょうぶですよ、チョウさん。俺、こう見えても、運転はうまいんですよ」

その言葉どおり、須田が運転するマークIIは、安積が思ったよりずっと滑らかに、駐車場を出た。

13

安積は、TLRテレビの受付で、身分を知らせ、来意を告げた。

会うべき人物、つまり、瀬田守が脚本を書いていた昼のメロドラマを担当しているプロデューサーの名を尋ねた。そのうえで、あらためて、その人物に会いたいと申し出た。

こうしないと、広報室の人間が現れたり、制作局長などに会わされたりで、なかなかお目当ての人物まで行き着けないことになる。

ロビーで十分待たされた。現れた男は、池上達男と名乗った。

安積と須田は、ソファから立ち上がり、自己紹介をした。

ふたりとも場所が場所だけに、気を遣って、手帳は出さなかった。

池上達男は、すっきりとしたネイビーブルーのブレザーを着ていた。

ボタンは、伝統どおりの金ボタンだ。ブルックスブラザーズかJプレスだろうと安積は思った。

池上は、たいへん物静かな男に見える。テレビ業界で生きている人間には見えないと安積は思った。

年齢は四十代の後半。もしかしたら、五十を少しばかり越えているかもしれない。

ボタンダウンの白いシャツに西洋の紋章をたくさん刺繍(ししゅう)したネクタイをしている。

靴はウイングチップ。しっかりとしたおしゃれをしているが、押しつけがましくはない。

安積は、人格もそうであることを願った。

「瀬田守さんが殺されたことは、ご存じですね?」

安積は尋ねた。池上達男は、少しばかり驚いた顔をした。

「警察の人というのは、いつもそういう言いかたをするのですか?」

「そういう言いかた?」

「あなたは今、殺されたと言われた。もっとその……婉曲(えんきょく)な言いかたをするとか……」

「事実を確認していくのが我々の仕事なのです」

「ええ……。わかりますよ」

安積はもう一度訊いた。

「瀬田守さんの件はご存じですね？」

今度は、池上の指摘を考慮して、婉曲な表現を使った。

「もちろん、知ってます。瀬田さんは、私が担当している番組で脚本を書いていたのです」

「私たちは、それでうかがったのです」

「二階に喫茶店があります。そこへ行きませんか？」

こうした待遇は、稀だ。たいていは、玄関での立ち話が多い。

刑事を温かく迎えようなどと考える一般人は皆無といっていいのだ。

池上達男は、安積の返事を聞く前に、階段に向かいはじめた。

安積は、須田にうなずきかけ、そのあとに無言で続いた。

喫茶店はすいていた。まだ午前中だ。テレビ局が本格的に動きはじめるには時間が早すぎるのかもしれないと、安積は考えていた。あるいは、ここを使えるのは、限られた社員なのかもしれない。

三人ともコーヒーを注文した。

安積は、今日、コーヒーをまだ飲んでいない。この一杯は、正直に言ってありがたかった。

「瀬田守さんは、いわゆる売れっ子だったのですか？」

安積が尋ねると、池上は、視線を天井のほうへ向け、何やら考えていた。

何か、楽しいことでも思い出しているような恰好だったが、表情はまったく別のことを考えているのを物語っている。やがて、彼は言った。

「いいえ。売れっ子ではありませんでした」

「有名でした。だが、売れっ子ではなかった」

「そういう言いかたには、何か特別な意味がありそうですね」

「そう。あります。つまり、売れっ子でしたが、そうでなくなり、名前だけが残ったということです」

「つまり、落ち目だったと……」

「はっきり言えばそういうことです。でもね、刑事さん。脚本家というのは、消耗品みたいなものなのです。もちろん、なかには、そうでなく、本当の大家になる人もいますが、そういう作家は特別なのです。みんな、放送作家をステップとして、もっとまっとうな——つまり、社会的地位もあり、収入もいい仕事に就こうとします。例えば、作詞家、例えば、小説家、例えば、映像プロダクションの社長……」

安積は、となりの須田の様子をそっとうかがった。須田は、遠くの席を眺めている。

その視線の先には、きっちりとしたタイトスカートのスーツに身を包んだ、知的な美人がいた。

安積も、その女性に見覚えがあった。朝のワイド番組のアシスタントだ。

須田は、その女性アナウンサーに見とれているような顔をしている。

だが、安積は心配もしなければ、腹を立てもしなかった。

須田は間違いなく、安積と池上の会話に耳を澄ましているのだ。

「脚本家というのは、もっと地位が高いものかと思っていましたが……」

「いろいろなケースがありましてね……。ドラマの脚本家には、確かに有名で実力もある作家が何人もいますよ」

「倉本聰、山田太一、ジェームス三木……」

「そうです。そういった人たちです。ですが、バラエティー番組や、スポーツニュースなんかにも脚本は必要なわけで、倉本聰がそうした脚本を書くはずはないでしょう。多くのテレビ番組の脚本は、若い連中が、二束三文の原稿料で、書きなぐるのですよ」

「そのなかから、チャンスをつかむ者も出てくる？」

「そう。ですが、たいていは消えていく。瀬田守は、確かに一時期、売れっ子でした。ドラマを週に何本も抱えていた時期もあります。そういう時期が、人生のなかにあったというだけ、彼は幸せだったのかもしれません」

「だが、本人は、そうは考えていなかった？」

「ええ。そうでしょうね。一度有名になった人間の気持ちってわかりますか？」

「想像はできます」

「想像だけです。本当に理解することは、そうなった人間にしかわかりません。有名になるというのは、麻薬ですよ。人間は、一度でもその快感を覚えると忘れられなくなる。そして、名前にしがみつこうとする。瀬田守だって、決して悪い仕事をするわけじゃないんだ。ただ、素直に周りの人間の言うことを聞かなくなってしまった。そうなると、人間、落ちていくのは、早いですよ」

「それでも、あなたの番組では、彼が脚本を書いていました」

「そう。昼のメロドラマ。あなたなら、そんなもの、見ますか?」

「時間があったら見るかもしれませんよ」

「わたしゃ、真っ平だ。瀬田守に書かせていたのは、言ってみれば年金みたいなものですよ。彼だって、一時期は、局に多大な貢献をしてくれましたからね」

まるで、自分の仕事を呪っているような言いかただ、と安積は思った。

「あなたは、有名になることは麻薬のようだと言われましたが、瀬田守さんが、本当に麻薬をやっていたのは、ご存じでしたか?」

池上達男は、わずかに慎重な顔つきになった。だが、それだけだった。

麻薬ごときでうろたえていては、テレビ局のプロデューサーなどつとまらないのかもしれないと安積は思った。

あるいは、連日続くごたごたのために、とっくに脳髄のどこかが切れてしまっているのかもしれない。

「麻薬?」

池上達男は、世間話の口調で尋ねた。「ヘロインですか?」

「いや。コカインです。被害者の尿から検出されました」

「ああ、コカインですか。きょう日、コカインなんぞ、ロスへ行けば、誰だってやってますよ」

「ここは日本で、コカインは、法律で厳しく禁じられているのですよ」

「……まあ、そうですね。瀬田守がコカインをやっていたなんて、初耳ですよ。もっとも、酒の量は凄かったな……。それに、アメリカの真似をすればカッコいいと思っている世代の生き残りだったんでね……。コカインくらいはやっていても不思議はないですね」

アメリカの真似をしていればかっこいいと思っている世代――安積は、被害者の服装を思い出した。そして、自分の年齢を考えてみた。

「瀬田守さんを殺した人物に心当たりはありませんか?」

「さあ……」

「瀬田さんを憎んでいた人とか……」

「嫌っている人はいたでしょうよ。そういう人が容疑者となるなら、この私もそうだ」

「女性関係はどうでした?」

「遊んでいましたね。ずいぶん前に離婚しているのですが、その原因も女遊びですよ」

「お子さんは?」

「いなかったと思いますよ」

「特定の女性は？」

「それもいなかったと思います。彼は、遊ぶのが好きなのです。女を愛するのが好きなわけじゃない。あるときは、銀座のホステス、あるときは、弱小プロダクションの新人タレント、あるときは、映像プロダクションの女性スタッフといった具合です」

「具体的な相手をご存じですか？」

「勘弁してください」

池上は、初めて傷ついたような顔をした。「そんなことしゃべっちまっちゃあ、寝覚めが悪い」

いくら、寝覚めが悪かろうが、見逃すわけにはいかない。

「これは、殺人の捜査なのです。知っていることは、こたえたほうがいいですよ」

これは、恫喝（どうかつ）かもしれない。安積は、しゃべりながら、そう思っていた。

「実のところ、正確には知らんのですよ。噂があるだけです」

「どんな噂です？」

また噂か、と安積は心のなかで、ため息をついていた。

「私がしゃべった、なんてことは、内緒にしておいてくださいよ」

「だいじょうぶです」

池上は、銀座のクラブの名と、ホステスの名を言った。そして、聞いたこともないタレントの名を言った。

再び、そっと須田の様子を見ると、須田は池上を見つめていた。

女性アナウンサーより、彼の気を引くようなことを、池上が言ったようだった。

一方、安積は、半ば、興味をなくしていた。遊び相手の女性が絡んだ殺人とは思えなかったのだ。

安積は、念のために、池上が挙げた何人かの女性の名前を手帳にひかえておいた。

だが、池上がその後に言った一言は、大いに安積の気を引いた。

「……何でも、ここんところ、水谷理恵子にちょっかいを出していたらしいんですよ。もちろん、相手にされっこないと、誰もが思っていたのですがね……。男と女ほどわからないものはないから……」

安積は、手帳から眼を上げず、まったく無関心を装った。

「どうにかできたと思いますか？」

「いっしょに、食事をしているところを、見た人間がいるのですよ。それも、ひとりじゃなく……。そのうちのひとりは、グラビア週刊誌のカメラマンだから、聞いてみるといい」

安積は、そのときになってようやく、視線を上げて、池上の顔を見た。

「カメラマンの名は？」

「週刊リアルの沖田(おきた)明彦(あきひこ)」

安積は、うなずいてから、なるべく無表情に尋ねた。

「沢村街さんをご存じですね？」

「もちろん」

「沢村さんが、瀬田守の弟子をやっていたというのは？」

「知っています。でもね、刑事さん。正確に言うと、そりゃ違いますよ」

「違う？」

「よくある話ですがね、実際に仕事をしていたのは沢村街のほうだったんですよ。つまり、沢村街が書いたものを、瀬田守は自分の名前で発表していたわけですね。テレビの世界は移り変わりが激しい。瀬田守は、自分が、その変化についていけないと感じた。彼は、沢村街の若い感性を利用したのです」

「沢村街は、瀬田守に感謝していると言っていましたが……」

「どうだか……。人脈やノウハウは、瀬田守から教わったのでしょうけどね……」

「いずれは、この世界で活躍するべき人材だったと言われるのですか？」

「彼だったら、どんな世界だって好きにやれるでしょう」

「それは、沢村優太郎のことをおっしゃっているのでしょうか？」

「そうです」

「そうした後ろ盾もあり、実力もあったのになぜ瀬田守に弟子入りしたのでしょうね？」

「いくら、伯父さんが与党の大物だって、いくら才能があったって、とっかかりというものがなきゃ始まりませんよ。沢村街は、そのとっかかりとして瀬田守を利用しただけなんじゃないですかね」

「沢村街さんと瀬田守さんの仲は、どうでした？」

「どうでしたって……？」

今では、池上の印象は、最初とずいぶん変わってきていた。

彼は、おつにすましていられなくなったようだ。安積の質問に対し、少しずつ不安を抱き始めたように見える。

「仲は良かったのですか？」

「その……。別に、良くも悪くもないですよ。最近じゃ滅多に会うこともなかったでしょうしね」

「あなたの印象ではどうです？　あるいは、あなたたちの得意な噂というやつでもいい。ふたりは、仲が良かったと思いますか、悪かったと思いますか？」

「いや……。それについて、特別話すようなことはありませんね」

安積は須田を見た。須田がうなずいた。まず、安積が立ち上がり、次に須田が立った。

池上は、一瞬何が起きたのかわからないような顔をしていた。

自分だけの考えに浸っていたのかもしれない。安積が言った。

「どうもありがとうございました。今日はこれで失礼します」

池上は、ようやく自分が解放されたことに気づいた。彼も立ち上がった。

「ああ、どうも……」

安積は、須田を従えて歩きだした。池上の顔を見なかった。

見る必要もないと考えていた。彼は名刺も置いてこなかった。

少なくとも、疑いを持って池上に会いに来ることは、もう二度とないだろうと思った。

マークIIに戻ると、安積は須田に訊いた。

「今の男の話はどう思う?」

「別にどうということはありませんね。ただね……」

「ただ、どうした?」

「あの人、表情を繕うことに神経を使っているような気がしました」

「それは私も感じた。だが、それは、事件とは無関係だろう。あの男は、そういう生活を強いられているようだ。仕事のせいかもしれない。生まれつきの性格なのかもしれない」

「ええ。そうですね。なんだか不幸な人みたいな気がします。仕事にも不満がありそうだし……」

「そうかもしれんな……。刑事なんかより、ずっと楽しそうな仕事なのにな……」

「俺、この仕事、好きですよ。その点では、あの人より幸せかもしれない」

こういう台詞を、同僚の前で、平気ではける人間は少ない。

酔って正体をなくしたようなとき、男は仲間に絡むように、こういうことを言うことがある。だが、須田は今、間違いなく素面だ。

そして、須田が言うとそれほど不自然に聞こえない。他の者が言ったら、聞いたほうが照れるに違いないのだ。

「水谷理恵子のこと、どう思う?」

須田は、むっつりして、まるで、仏像のような顔つきになった。

何かが気に入らないのだ。安積にはそれが何かわからない。須田本人にもまだわかっていないかもしれない。

須田が、彼のいくつもの顔のうちのひとつ、哲学者の口調で言った。

「以前、俺が、ほとんど当てずっぽうで言ったことがありますよね。もし、水谷理恵子がコカインをやっているとしたら、瀬田守との関連も出てくる。そして、そのふたりを繫ぐのは、沢村街だって……」

「おい。あれは、当てずっぽうだったのか?」

「ええ。チョウさん。言ってみれば、そんなもんです。でもね、池上プロデューサーの話だと、瀬田守と水谷理恵子の繫がりがもっとはっきりしてきたわけです。そして……」

「その両者のあいだには、沢村街がいる……」

「そういうことですね……」

「よし、次へ行こうか。週刊リアルの編集部だ」

「やった。俺、チョウさんと同じことを考えていましたよ」

「そいつは、こちらこそ光栄だな」

須田は、車を出した。

14

週刊リアルは、今では珍しくなくなったグラビアだけの週刊誌だ。

大手出版社が発行しているので、訪ねてみると、編集部は、別会社だという。

週刊リアルは、この分野では後発なので、内容はかなり思い切ったものだ。

由緒ある出版社が手掛けるべき内容ではないというわけなのだろう。

安積はそう思った。ならば、そんな雑誌を出さなければいい。

彼は、ぼんやりとそう考えていた。

大手出版社の受付で教えてくれたビルは、飯田橋にあった。

目白通りから、路地裏へ入ったあたりにたくさんある古びたビルのひとつだった。

旧式のエレベーターが、二基あった。階床ボタンの数字が擦り減っている。

三階へ昇ると、安積は、馴染みの臭いを感じた。以前、テレビ局の制作のオフィスで同様の経験があるが、今回は、そのときよりもずっと強く感じた。

警察の公廨に似た臭いなのだ。ただ、警察署よりは、ずっと清潔な気がする。

十坪ほどの部屋に机が並んでいる。その部屋のなかに、応接セットもあれば、コピー機、ファクシミリ、ワープロ、カラーポジを見るための、明かりのつくテーブルなど、あらゆるものが詰め込まれていた。

すべての机の上も、のせられるだけの書類をのせたように乱雑だ。

しかし、その部屋には、決定的なものが欠けていた。

人の姿が、ほとんど見られなかった。

安積と須田が入っていったにもかかわらず、誰も現れなかった。

「不用心だな……」

安積がつぶやくと、一番奥の席にすわっていた男が、顔を上げた。

「なんだね、おたくら？」

彼は、並んでいる机に積まれた書類の山の陰になっていたのだ。

頭を伏せるようにして、何かの書類を読んでいたらしい。

その男は、半白だが、目が大きく、ひどく押し出しの強いタイプだった。

安積は名乗り、警察手帳を提示した。相手は、身分証を開いて見せろとは言わなかった。

たいていの人間は、警察官に対して、そんなことは言わない。

その代わりに、彼は、立ち上がろうともしなかった。

「何の用だね？」

安積は、彼が、警察官とのやりとりに慣れている男だと、すぐにわかった。

ジャーナリストたるもの、そうでなくてはいけない。

安積は、半ば本気でそう思った。

「あなたは?」

「編集長の荒木田。荒木田吾郎、四十二歳」

安積より三歳年下だ。

雑誌の編集長と警察署の係長は、社会的立場はどちらが上だろう。

安積は、ふとそんなことを考えた。無意味なことだとわかってはいるのだが……。

「まさか、あなた一人で雑誌を作っているわけではないでしょうね?」

「さっきまで、デスクの女性がいたのだが、お使いに出てしまった。お茶がほしいのなら、どうぞご自由に。うちでは、みんな、そうしている」

「それで、その女性以外の人たちは?」

「まだ昼前だ。ここには出てこない。家で二日酔いの頭を抱えて寝ているか、昨夜から、有名人が入ったホテルの前で、シャッターチャンスを待っているか、政治家の家に朝駆けをやっているか……。とにかく、連中が出てくるのは午後二時ごろだと思うよ。それで?編集部の見学に来たわけじゃないだろう?」

「沖田明彦という人に会いたいのですが」

「用件は?」

「本人に直接言います」

「ご覧のとおり、まだここには来ていない。急ぐんだったら、自宅へ行くといい」

「出直してきたいのですが、何時ごろ来ればいいでしょう?」

「わかった。瀬田守さんが殺された件だな?」

安積は何もこたえなかった。あくまでも質問するのは刑事の側なのだ。

編集長の荒木田吾郎は、さらに言った。「刑事が会いにきたと彼に言ったら、姿をくらましちまうかもしれない」

「そういうことのないように、あなたが気をつけてくれることを期待しますね。何時がいいですか?」

荒木田吾郎は、大きな目でじっと安積を見つめ、考えていたが、やがて言った。

「二時」

「わかりました。二時にまた来ます」

安積と須田は、その間に食事を済ませた。

安積は、臨海署と三田署の捜査本部の両方と連絡を取った。特に進展はなし。

約束の時間に、ふたりは再び、週刊リアルの編集部を訪れた。

さきほどとは、別の場所のようだった。無人だった机に、人の姿があった。

彼らは、ほとんどが、電話に向かってわめいていたり、ささやいていたりしている。

異様な活気が感じられた。安積は、思わず、入口でたたずんでしまった。

誰も安積や須田のことを気にする様子がない。安積は、編集長に近づいた。

荒木田吾郎が、気配に気づいて顔を上げた。彼は、挨拶を省略した。

そのまま、顔を巡らせた。

そして、光るテーブルで、カラーポジを見ている男に声をかけた。

「おい、沖田。お客さんだ」

カメラマンの沖田明彦が振り返った。体格のいい男だ。

ラグビー選手のような躍動的な筋肉の発達の仕方をしている。

だが、残念なことに、腹が出てしまっていた。

目はどんよりと濁っている。

二日酔いか寝不足のせいらしい。あるいはその両方かもしれない。

きわめて不機嫌そうな表情をしている。パーマをかけた髪が伸びて外側に広がろうとしている。

それをバンダナで縛って押さえつけていた。

「刑事さん?」

唸(うな)るような声で、沖田明彦が言った。

安積は、黙ってうなずいた。編集長から、話を聞いても逃げ出さなかったということだ。

「何の用だい?」

彼は、平静を装ってはいるが、かなり緊張している。

安積は、それを見逃さなかった。安積が見つめると、居心地悪そうに体重を移動させ、掌(てのひら)をジーパンにこすりつけていた。

瞬きが多くなり、眼がせわしく動き始める。唇を短時間に三度もなめた。

安積は、たっぷりと間を取ってから、こたえた。

「瀬田守さんが殺害されたのは、ご存じですね？」

この切り出しかたは、ごく一般的だ。だが、沖田は、一般的でない反応を示した。明らかに、緊張を解いたのだ。安積は、不思議に思った。

「ああ、そのことか……。知っているさ、もちろん」

安積は、振り返って、須田の顔を見たいと思った。須田も沖田の態度に気づいたはずだ。

だが、安積は、それをこらえて沖田を見ていた。

警察官は、自分の側の手の内を相手にさらすわけにはいかないのだ。

「瀬田守さんと面識はおありでしたか？」

「あった」

沖田は、すっかり落ち着きを取り戻した。「ねえ、刑事さん。同僚が、聞き耳を立てているような気がするんだがな……」

安積は、振り返った。沖田の言うとおり、机にいる男たちは、自分の用事をこなしながらも、安積たちのやりとりを気にしているように見えた。安積は、うなずいた。

「どこか、落ち着いて話ができる場所がありますか？」

「あそこの応接セットのところなら、多少はましでしょう。衝立があるからここからは見えない。一番隅だから、怒鳴り合いをしない限り、話の内容は聞かれずにすむ」

「いいでしょう」

三人は移動した。そのとき、安積は、ようやく須田の顔を見ることができた。

須田も、納得のいかない表情をしている。沖田の奇妙な変化に気づいているのだ。

安積は、そっとうなずき、その理由について考えを巡らし始めた。

応接セットにすわると、沖田明彦は言った。

「面識はありましたよ。どこかのパーティーで紹介されたんです。でも、付き合いはなかった」

「瀬田守さんの写真を撮ろうと、追い回していましたね？」

「報道の自由だよ、刑事さん。それが罪になるとは思えない」

「罪にはならないと、私も思いますよ。だから、質問に答えていただきたい」

「答はノーだ」

「瀬田守さんを追っかけたことはないとおっしゃるのですか？」

「そう。考えてみるんだな。瀬田守は、週刊リアルが取り上げるような対象かどうか」

彼は、ひかえめな言いかたを心得ている。つまり、瀬田守は、スキャンダルを見つける価値もないということだ。安積は、納得した。

「なるほど、では、例えば、水谷理恵子ならば、週刊リアルが取り上げる対象になりますか？」

「充分に。言いたいことはわかるよ。瀬田守と水谷理恵子の関係について訊きたいわけだ」

「そういうことです。あなたが、ふたりの関係についてお詳しいという話を聞きました」

「詳しくはない。ただ、ふたりの関係を想像させるような写真を撮ったことがある」

「想像？」

「あるいは、邪推」

「その写真は、一枚だけなのですか？」

「瀬田守の家から出てくる水谷理恵子を三度フィルムに捉えている」

「偶然にしては、多いような気がしますが……？」

「そう。偶然じゃない。俺は、瀬田守を追ってはいなかったが、水谷理恵子を追っかけていた」

「なるほど……。その写真は、公表されたのですか？」

「水谷理恵子のスキャンダルなんて、聞いたことあるかい？」

もちろん、安積は聞いたことはなかった。

世間で噂になっていても、知らなかったに違いない。

安積は、黙って首を横に振った。

「そうだろう？」

沖田明彦の口調が、いくぶん腹立たしげに聞こえた。「つまり、写真は、公表されなかったってことさ。水谷理恵子のプロダクションから取引の申し出があった。別のスキャンダルを提供するから、水谷理恵子の件は目をつぶってくれ。まあ、そういったことだ。そして、それを判断するのは、俺じゃない。上の人間だ。どういうことかわかるだろう?」

「わかりますよ。おそらくその取引の申し出は、脅迫に近いものだったのではないですか?」

沖田は、不愉快そうな顔をいっそう歪めた。何も言わなかった。

安積は、さらに尋ねた。

「つまり、それは、瀬田守氏と水谷理恵子さんの関係が本物だったことを物語っているわけですね?」

「刑事さん。俺は、嘘は撮らないよ、嘘は」

「そうでしょう。つまり、あなたも、瀬田守氏と水谷理恵子さんのお付き合いを知っていたということですね?」

「知っていたよ。だから、水谷理恵子を追っかけていたんだ」

安積は、須田を見た。須田が何事かを考えていた。難しい顔をしている。

彼がどう出るか、安積は興味を持った。須田が、沖田に尋ねた。

「えーと、今日は、あくまで、ご協力を願っているわけですから、こたえたくなければ、こたえなくて結構なんですが……」

沖田は、眉を寄せて須田の顔を見た。一度、物問いたげに安積を見、再び、須田に視線を戻した。

須田が続けた。

「あなた、何か警察に知られたくないことがあるんじゃないですか？」

沖田は、須田を見つめた。ひどく無防備に見えた。須田の言いかたに面食らっているのだ。

「この人は何を言っているんだ？」

沖田は安積に向かって言った。

安積は何もこたえなかった。尋問するのは、刑事の仕事だ。相手の質問にこたえる必要などない。

沖田は、落ち着きを失いはじめていた。初めて会ったときの緊張状態に戻りつつあるのだ。

「あんたたちは、瀬田守と水谷理恵子のことで来たんだろう？」

須田が言った。「でも、あなたに会ってみて、もっと尋ねるべきことがあるような気がしてきたのです」

「そのつもりでしたよ、ええ」

沖田はうろたえているといってよかった。

須田の言うことをどう判断していいか決めかねているのだ。

須田のマジックだ。本人にはその気はないのだが、相手が深読みをしてしまう。

須田は、思ったことを正直に言っているにすぎない。

それが、彼の信じる公正な法の執行のやりかたなのだ。

だが、勘繰ることに慣れ、疑うことがあたりまえになってしまっているような相手には、奇妙な効果をもたらす。虚を衝いた形になるのだ。

特に、刑事というものをよく知っている相手には効き目がある。

取り調べのときに、容疑者に対し、怒鳴りつけたり、暴力をふるう刑事は少なくない。

須田が言った。

「あなたは、私たちを見て明らかに緊張していた。まあ、たいていの人は、刑事に訪問されるとそうなります。問題はそのあとです。私たちが、瀬田守さんの件を尋ねたら、あなたは、明らかに安堵された。これは、どういうことでしょう？　考えられるのは、あなたが、警察に知られたくない問題を、別にかかえているということです」

「なぜそんなことがわかるんだ？」

「仕事ですからね。私は、全自動のシャッターを押すだけといったカメラしか使えません。露出とかシャッター・スピードなんてことはお手上げなんですよ。その代わり、人間の心理の変化には敏感です」

沖田は、また安積のほうを見た。まるで、助けを求めているようだった。

もちろん安積は、須田の側の人間だ。

沖田は、それを悟らなければならない――安積はそう思った。

「あんただって、勘違いってことがあるだろう？」

「あります。でもね、二人の刑事が同時に同じ勘違いをすることは滅多にありません」

沖田が、安積を見る。安積は、無言でうなずいて見せた。

「では、その滅多にないことが、ここで起こったのだ」

「そうでしょうか？」

「そうだ」

「まあ、今日、私たちは、答を強要できる立場にありません。ですが、問題をかかえているのなら、相談に乗れるかもしれないと、私は考えているのです」

「相談？」

「はい。もし、トラブルをかかえているのだとしたら……」

「俺が、何かの犯罪を隠しているとは考えないのか？　トラブルなどではなく……」

「可能性は、どちらかです」

沖田は、考え込んだ。この時点で勝負がついた。沖田は、須田の言うことを考慮し始めたのだ。

つまり、損得勘定を始めたことになる。須田の言うことを認めたということだ。

「トラブルはある。それは、俺の側じゃない。あんたたちのトラブルだ」

「言っている意味がわかりませんが？」

安積が、須田に代わって言った。須田の役割は終わったのだ。

「実を言うと、俺は、あるネタをどう扱うべきか困り果てていた。編集部の人間にもしゃべっていない。今のところ、俺ひとりでかかえている。それくらいデリケートな問題なんだ」

「ほう……」

「沢村街という脚本家を知っているかい？　今じゃ作詞家というべきかもしれないが……」

安積は、無表情を装うのに苦労した。驚きの声を上げるところだった。

「知っています。瀬田守の弟子をやっていたということですから……」

「沢村街は、確かに才能がある。アイドルをデビューさせて成功もしている。それに眼をつけて彼に取り入ろうとする若い娘たちがいるわけだ。沢村は、そういう娘たちを慰みものにしている。それだけでなく、麻薬を覚えさせて、体のいいスケコマシのようなことをやっているらしいんだ」

「それは、犯罪ですよ。証拠があれば、沢村街は、逮捕されることになります」

「証拠はある。だが、警察はその証拠をどう扱うか、俺は信用できずにいる」

「その証拠というのは……？」

「俺は、あるアマチュアのロックバンドのボーカルをやっている少女が、沢村街にもてあそばれているという情報をつかんだ。沢村街を張り込んで、その少女が沢村街の部屋へ入っていくところを写真に撮った。俺は、その少女の素性を調べるため尾行した。そして、彼女の父親の名と職業を突き止めた」

「父親の……？　それが、私たちのトラブルになると……？」

「そうだ。父親の名は、鳥飼元次。警視庁防犯部で麻薬を担当している警部補さんだ」

今度は安積も、無表情でいることはできなかった。

安積は、驚きのためにうめき声を洩らしていた。

須田が目を丸くしているのが、見なくてもわかった。

「しかし……」

須田が言った。「沢村街とその少女が、部屋に入ったところを撮影しただけでは、何の証明にもなりません」

安積は、その言葉を何度も頭のなかで繰り返さなければならなかった。

その言葉が辛うじて、安積に平静を取り戻させた。

安積は、沖田の返事をどこか遠くから聞いているような気がした。

「その少女は、それから間もなく風俗営業で働くようになった。ファッション・マッサージと呼ばれている店だ。何をやっているかわかるだろう？　その困果関係を推理したわけだ。もちろん、写真そのものは、証拠とはいえないかもしれん。だが、ある関係を物語っている。そしてそのストーリーをたどる手掛かりになるはずだ」

15

「チョウさん、これ、何かの間違いですよ……」

マークIIの覆面パトカーを運転しながら、須田が言った。

安積は、その声に気づかなかった。鳥飼のことを考えていた。

「ねえ、チョウさん。何かが間違っています」

安積は、初めて、須田が何かを言っているのに気づいた。

「何だって……？」

「鳥飼警部補のことです。誰かがどこかで嘘をついていますよ」

「ああ。そうだな……。カメラマンの沖田が嘘をついているのかもしれない。他の誰かが嘘の情報を沖田に教えたのかもしれない。だが、嘘をついているのは、鳥飼かもしれない」

「チョウさん、鳥飼警部補とは親しいんですか？」

こういう事態になってしまっては、須田には知られたくなかった。

だが、安積は感じていた。

須田は、もう、安積と鳥飼が個人的に親しいことに気づいているはずだ。

「まだ言ってなかったっけな……。鳥飼と私は、警察学校で同期だった。警らの巡査時代、同じ管区で派出所勤務に就いていたことがある。個人的にも親しかった」

須田は、芝居じみたため息をついた。悲嘆にくれたところを表現したのだ。

このように、彼のやることは、どこか芝居じみていてステレオタイプだ。

だが、もちろん須田は、わざとやっているわけではない。

彼なりに、それが、もっとも一般的で、かつ、社会的な表現だと信じているのだ。

「ねえ、こうなったら、沢村街をもっと洗ってみましょうか?」

「やりたいのは、やまやまだ。だが、その点については、相楽の言い分に一理ある」

「……そうですね……」

「一度署に戻ってくれ。そのあと、いっしょに三田署の捜査本部へ行こう」

「わかりました」

須田は、それから、署に戻るまで口をきかなかった。

安積も同じだった。車内には、無線の声が、時折流れてくるだけだった。

「例の倉庫ですがね……」

安積が臨海署に戻ると、村雨が机のそばにやってきて報告を始めた。「風森組が使用していたのは、ほぼ間違いないようですね」

「確証が取れるのか?」

「高輪署の捜査三係と捜査四係が、懸命になって尻尾をつかもうとしています。時間の問題でしょう」

「わかった。できるだけ手を貸してやってくれ」

「もちろんです」

衝立で仕切られただけの、粗末な課長室から、町田課長が現れた。

「安積くん。ちょっと……」

安積は立ち上がった。

課長と話をしたい気分ではなかったが、断るわけにもいかない。

ふたりは、課長室に入った。課長は、席にすわり、尋ねた。

「なんか、事件に面倒な人物がからんでいるそうじゃないか？」

「はい。衆議院議員の沢村優太郎です。与党の実力者です」

「沢村優太郎のことは、説明されなくてもわかっている。問題は、どうするかだ」

「わかっています。沢村街については、注意深く接触するつもりです」

「実際のところ、どうなんだ？　沢村街が犯行に関わっているのか？」

「まだわかりません。ただ、彼が感心できないような行いをしているという噂があります」

「芸能界のことだ。そうした行いは日常のことだろう」

「……といっても、法に触れれば、私たちは見過ごすことはできません」

「やれるのかね？」

「当然、捜査は続けますが……。おっしゃる意味がわかりませんね」

「子供じゃないんだ。わからんはずはあるまい。与党の実力者となれば、有形無形の圧力がかかる恐れがある。それにどう対処するつもりか、と訊いているんだ」

「本庁から、捜査本部に相楽という警部補が来ていましてね。この男は、根回しやら隠蔽工作やらがたいへん得意らしいのです。彼と協力してやっていきますよ」

「ほう……」

町田課長が、初めて安堵の表情を見せた。「そいつはいい。わかった。何かあったらすぐに報告してくれ」

課長室を出るときに、安積は思った。課長が安堵したのはなぜなのか？

本庁の刑事が段取りをつけていることを臭わせたせいだろうか？

では、自分は、課長に信用されていないのだろうか？　どうでもいいことだった。

安積は、忘れることにした。席に戻ると、須田に声をかけた。

「そろそろ、捜査本部に出かけようか……」

「はい、チョウさん」

須田は、まだ浮かない顔をしている。おそらく、自分もそうだと、安積は思った。

安積と須田は、午後四時半に捜査本部に着いた。三田署の筒井と、本庁の三人がいた。

安積は、わずかの間、迷ったが、相楽を廊下に呼び出すことにした。

安積が声をかけると、相楽は、警戒心を露わにした。

相楽は、安積が先に廊下に出ると、迷惑そうな顔で立ち上がった。

安積は、相楽が出てくると、声をひそめて言った。

「保安二課に情報提供を求めに行ったときの話が聞きたい」

相楽は、面倒臭げにこたえた。

「別にどうということはない。口頭で協力を求めた。麻薬担当の鳥飼さんが出てきた」

「最初から鳥飼が出てきたのか？」

「そうだ。まず、事件の概要を保安二課長に話した。保安二課長が、それを何人かの捜査員に伝えた。それで、鳥飼さんが名乗りを上げたんだ」

「鳥飼が名乗りを上げた？　つまり、誰かに命令されてこの捜査本部に来たわけじゃないんだな？」

「だと思うよ」

「その点が大切なんだ。はっきりさせてくれ」

相楽は、明らかに反感を表す眼で、安積を見た。

「何だというんだ。どうしてそんなことが大切なんだ？」

安積は、カメラマンの沖田が言ったことを相楽に伝えた。

相楽の眼から反感の色が消えた。彼は、難しい顔をして安積を見ていた。

「……そのカメラマンは信用できるのか？」

「こたえにくい質問だな。信用に足る人間かどうかはわからない。だが、少なくとも、彼はこの話を信じている。それは明らかだな……」

「鳥飼さんの娘か……」

「鳥飼が名乗りを上げて捜査本部にやってきたのか、そうではないかが、なぜ重要なのかわかってもらえたと思うが」

「おそらく、自ら進んでのことだと思う」

「それは、例えば、沢村街のことを知って、事実の秘匿などをやりやすいように……」

「そう考えられないことはない」

「このことは、あくまでも内密に頼む。特に、本人の耳には変な形で入らないように気をつけたい」

「わかっている。だが、放っておくわけにもいくまい?」

「私に任せてもらえるとありがたいのだが……」

相楽は、しばらく考えていた。そして、うなずいた。

「いいだろう。任せよう」

廊下の向こうから、柳谷主任と磯貝が近づいてくるのが見えた。

「おや、安積さん」

柳谷が、安積に言った。「停戦交渉かな?」

「私たちは、戦いなど始めた覚えはないぞ」

相楽がそれだけ言うと、さっと背を向け、部屋に入った。

「でも、安積さん。相楽さんと内緒話が多いようだね」

「そう見えるか？　多分、あんたの考えすぎだ」

安積も、部屋に戻った。柳谷と磯貝は、そのすぐ後に続いた。


現場付近の聞き込みをやっていた柳谷たちが、さらに、ベンツから走り去る奥田隆士を見たという人間を見つけだしていた。奥田隆士の容疑は、ますます固まってきた。

柳谷たちは、地道だが、いい仕事をしている。これが刑事の仕事だ。

問題は、奥田が何のために、あるいは、誰のために瀬田を殺したかという点に絞られてきた。

須田が、TLRテレビの池上プロデューサーと週刊リアルの沖田カメラマンから聞いた話を報告した。

もちろん、鳥飼の娘の話は除いて——。

安積は、さまざまな報告を聞きながら、沢村街抜きでは、この事件が解決できないという思いが強まるのを感じた。そして、安積は、鳥飼のことを考えていた。

どういう解決法があるだろう？　このまま、放っておいても、無事、事件は解決するかもしれない。マスコミたちに、鳥飼の娘のことを知られぬよう、うまく立ち回ることは可能だろう。

安積は、捜査会議に出席している刑事たちをそっと眺め回して、思った。

この、連中なら、それをやれるかもしれない。だが、失敗する可能性だってある。

そうした、綱渡りが失敗したとき、鳥飼は深く傷つくだろう。

安積は、ふと、涼子のことを思い出した。自分の娘が、沢村街の餌食になったとしたら……。

痛いほど、鳥飼の気持ちがわかった。

もし、自分が鳥飼の立場だったら、同じことをしようとするかもしれない――彼はそこまで考えた。そして、安積は、そこで踏み止まった。

それでは、何も解決しない。膿は、出してしまうに限るのだ。

鳥飼と話をして納得させなければならない。

捜査の手を沢村街に伸ばさないわけにはいかないのだ。

そして、彼とそういった話ができるのは、安積しかいない。

安積は、それを自覚しなければならなかった。

「どうするね、安積さん」

梅垣に呼び掛けられて、安積は顔を上げた。安積は、そっととなりの須田に尋ねた。

「何の話だ?」

「風森組ですよ。家宅捜索をかけてみようかという話です」

　安積は、梅垣に向かって言った。

「その件は、もう少し証拠が固まってからという話じゃなかったでしょうか？」

「本庁の相楽さんに段取りを任せることになっとったな」

　鳥飼が言った。

「奥田隆士の身柄は、こちらが押さえているんだ。風森組がコカインを扱っているのは確かだ。そいつは私が保証する。現物がなくても殺人事件の捜査として誰か引っ張ってこれる」

「そりゃ無茶だ」

　安積は穏やかに反論した。「家宅捜索の意味がない」

「だがな、安積。最近では勾留延長も無期限というわけにはいかなくなってきているんだ。留置所と取調室への風当たりが強いんでな。奥田隆士は、このままでは、証拠不充分で起訴猶予になるか、単独犯として送検するしかない」

「起訴猶予などになるものか。実行犯であることは、まず間違いないんだ。それに、奥田隆士と瀬田守の関係は、必ず明らかになるはずだ」

「なぜ、そう断言できるんだ？」

「当然だろう。関係があるから殺人が起こった。そして、被害者と実行犯の間をつなぐある人物がいると私は思っている。その人物が、この事件の鍵を握っているような気がする」

「誰だね、それは？」

「沢村街」

部屋にいた捜査員たちは、ふたりのやりとりに注目していた。

鳥飼が、首を横に振った。

「沢村優太郎のことを忘れたのか。沢村街には手は出せん。風森組を叩くほうがいい」

「手が出せないとは言ってませんよ」

相楽が言った。捜査員たちは、いっせいにそちらを見た。「慎重にやるべきだと言ってるんです」

鳥飼は驚いたように相楽を見た。飼い犬に手を嚙まれた気分なのだろうか。

いや、それは適切な例えではないと安積は思った。潜入に失敗したスパイというのはどうだろうか？　それは、言いすぎかもしれないが……。

「同じことだよ、相楽くん。今の時点では、沢村街には手は出せない」

相楽は、安積の顔を見た。奇妙なことに、相楽と安積の間に仲間意識のようなものが芽生え始めていた。

安積は言った。

「沢村街の反感を買わず、したがって沢村優太郎の圧力を受けずに捜査を進めることは可能だ」

「いかん。危険だ。私は反対だ」

これ以上鳥飼を追い込むことは危険だ、と安積は思った。

彼は、妥協案を出すことにした。

「高輪署管内で、倉庫荒らしがあり、その現場からコカインが少量見つかった。その話はしたな。その倉庫は、風森組が利用していたらしい。今、高輪署が証拠固めをやっている。ここはひとつ、高輪署と協力して、そちらの線から風森組の家宅捜索をやってみてはどうだろう」

鳥飼は、表情を急に明るくした。

「それはいいじゃないか。よし、本庁の保安二課からも応援を出そう」

安積は、梅垣の顔を見、次に柳谷の顔を見た。そして、尋ねた。

「どうでしょう。今の話？」

「いいと思うがね……」

梅垣は、そう言って、柳谷を見た。柳谷は、捜査員一同にその案を図った。

安積の案は、受け入れられた。

捜査会議が終わり、昨日とは逆に、安積が鳥飼を誘った。

鳥飼は、こだわる様子もなく、笑顔でこたえた。

「おまえと一杯やるのも久し振りだ。このあたりは、おまえの縄張りだろう。落ち着ける店がいいな」

「わかった。任せてもらおう」

相楽が安積を見ていた。安積はそれに気づいた。安積は鳥飼に言った。

「ちょっと、待っててくれ」

相楽に近づく。

相楽が、声をひそめて言った。

「どうするんだ？」

「話してみる。それしか方法はあるまい」

相楽はうなずいた。

それから、何か言葉を探すようにたたずんでいた。やがて言った。

「面倒をかける。すまん」

相楽は、さっと背を向けると、荻野とともに歩き去った。

安積は、すっかり驚いていた。相楽の口から聞ける台詞とは思えなかった。

結局、どんな人間も、付き合いがあるかぎり、憎み続けることはできないのだ。

安積は、そう思った。

鳥飼を連れていったのは、五〇年代、六〇年代のポップスが流れるバーだった。日の出桟橋から、海岸通りを渡ったところに建つビルの五階にある。

窓からは、港近くの町並みが見渡せる。

一杯飲み屋や焼き鳥屋より話し合うにはいいと考えたのだ。

鳥飼は、その店を気に入ったようだった。

「おまえのことだから、気のきかない店に連れていかれると思っていたよ」

「月日と環境は、人を洗練させる。俺はベイエリア分署の安積だぞ」

鳥飼は、IWハーパーをソーダで割ってもらった。安積は、カティサークの水割りだ。

乾杯すると、安積は、慎重に少しだけすすった。酔うわけにはいかないのだ。

BGMに、「ミスター・ロンリー」がかかっている。

鳥飼は、思い出話を始めた。

ふたりの間には、忘れがたいエピソードが沢山ある。

鳥飼も安積も、そういう思い出を確認したい年齢になっていた。

安積は、鳥飼の話をもっとくつろいだ気分で聞きたかった。

「相変わらず無口なやつだな」

鳥飼が言った。

そろそろ本題に入らなければならない――安積は、そう考えていた。

16

「話しておかなければならないことがある」

安積は切り出した。

「何だ？　こわい顔をして……」

「沢村街に関係したことだ」

「まだそんなことを言っているのか。その話は、さっきけりがついたろう」

「沢村街とおまえの娘さんのことだ」

一瞬にして、鳥飼の表情が硬くなった。安積は、鳥飼の顔を見たくなかった。

グラスをカウンターに置く、硬い音がした。鳥飼はそのグラスをじっと見つめている。

白を切ったり、言い訳をしようとはしなかった。何も言わない。

安積は、沈黙に耐えかねるように言葉を続けた。

「おまえは、相楽が話をもちこんだとき、名乗りを上げて今回の捜査本部に参加したそうだな」

鳥飼はまだ何も言わない。うなずきもしない。ふたりはカウンターに並んですわっているのだが、安積は、向かい合ってすわらなくてよかったと心底思った。

「沢村街の名を聞いて、いてもたってもいられなくなったんだろう」

無言。

「私は、最初、相楽が圧力を恐れ、捜査方針をねじ曲げようとしているのではないかと疑った。だが、そうではなかった。捜査方針を故意に変えようとしていたのは、おまえだったんだ」

「そうじゃない」

鳥飼は語気強く否定し、それから、声を落とした。

「そんなつもりはなかった。俺は、娘のことを知られたくなかっただけだ」

「だが、結果的には、沢村街から私たちの眼をそらそうとした」

「俺は今の仕事が気に入っている。他の仕事に就こうとは思わない。だが、娘のことが公になってみろ。俺は、別の仕事を探さなくちゃならなくなる。麻薬担当の警官の娘が、コカインのスキャンダルだ」

「今の仕事を続ける方法はある。隠すのはいいやりかたじゃない」

「どうしていいかわからなかった。時間を稼いで、方法を考えるつもりだったんだ」

鳥飼は、思い出したようにグラスを持ち上げ、口に運んだ。

「娘さんがコカインを常用しているというのは確かなのか？」

鳥飼はうなずいた。

コカインを手に入れるために、いかがわしい仕事をしている。安積は、そのことは尋ねなかった。尋ねる必要はない。カメラマンの沖田が言ったことは嘘とは思えない。

安積は、別の質問をすることにした。

「いったい、どうしてそんなことになったんだ？」

「ばかなのさ。自分の愚かさに負けちまう人間は少なくない。娘は、そのひとりだったというわけだ。そしてその娘を育てたのは、おまえの横にいる愚かな親だ」

鳥飼は自分を責め始めている。いや、長い間責め続けているのかもしれない。

自分を責めているような人間は、問題を解決できない。

安積は、鳥飼の考えかたを変えさせなければならないと思った。

「そんなことを訊いているんじゃない。事の次第を話せと言ってるんだ」

鳥飼の姿勢が前かがみになってきた。敗北者の姿だ。彼は、沈黙のあと話しはじめた。

「娘は音楽業界に憧れていた。ロックバンドを組んで、ボーカルをやっていた」

鳥飼は、確認するように安積を一瞥した。安積はうなずいた。

「知っている」

「アマチュアのロックバンドが出演するテレビ番組がある。『勝ち抜きエレキ合戦』の現代版のような番組だ。娘のバンドは、その番組に出演した。そのとき、審査員のなかに沢村街がいた。娘のバンドは、その……、何というか、そこそこのできだったらしい。番組収録のあと、沢村街が、娘たちに声をかけてきたんだ。つまり、興味があるとか……、なかなかおもしろいバンドだ、とか希望を持たせるようなことを言ったわけだ。それが沢村街と娘の出会いだ」

鳥飼の言葉は、力尽きるように、そこで止まった。安積は、自分が、刑事のテクニックを使いはじめているのを意識していた。

「それから？」

安積は、それだけ言って、鳥飼が話す気になるまで、辛抱強く待った。

鳥飼は、自分を鼓舞するように大きく息を吸ってから話し出した。

「詳しいきさつは俺も知らない。なんせ、男と女の間のことだ。とにかく、娘と沢村街は、その後、何度か会って、自宅に訪ねていくような関係にまでなったらしい。娘は高校を出たばかりだ。そんな小娘に、沢村街が本気になるとは思えん。たぶん、遊びのつもりだったのだろう。だが、愚かな娘としては、有頂天だったに違いない。そのうち、娘がコカインをやり始めた」

身内への評価は辛くなるものだ。

安積は、鳥飼の表現がどれくらい正確なものか判断しかねた。

「沢村街の麻薬所持の容疑はどうなっているんだ?」

「知っているだろう。麻薬関係の捜査というのはたいへん微妙なものなんだ。慎重すぎるくらい慎重に事を運ばないとすべて水の泡だ。麻薬・覚醒剤の所持は現行犯逮捕が原則だ。踏み込むタイミングを間違えただけで、取り返しのつかないことになる。なおかつ、沢村街の後ろには沢村優太郎がひかえている。厚生省の麻薬Gメンも、警視庁防犯二課も及び腰になる」

「それは捜査上の問題点だ。私が訊きたいのは、本当に沢村街がコカインを所持し、販売しているのかどうかということだ。いいか。その点が重要なのだ。沢村街がコカインを販売しているとしたら、瀬田守の殺害に大きく関与している可能性が出てくるんだ。私や捜査本部の連中は、殺人の捜査をしているのであって、麻薬捜査をしているわけじゃない」

鳥飼は、首を横に振った。

「はっきりとわかってはいないのだ。だが、俺たちは、沢村街がアメリカを放浪しているときに、コカインの入手ルートを見つけたのではないかと考えている」

「それは、誰かの証言か何かをもとにした考えか？　それとも単なる推測か？」

「残念ながら、そう訊かれると、推測だとこたえるしかない」

鳥飼は、刑事の顔に戻りつつあった。「だが、沢村街の周辺にコカインが、ちらほらしていることは間違いないんだ。娘もそのひとりだがね……」

「瀬田守もそのひとりかもしれない」

「……そいつが、おまえたちには重要な点なのだな……」

「そうだ。そして、沢村優太郎は、麻薬所持には睨みを利かせられても、殺人の容疑まで握りつぶすことはできない」

鳥飼は、目をしばたたいた。そして、からだの力を抜き、また前のめりになった。

ひどく疲れてしまったように見えた。

「殺人の容疑……。沢村街に……？　そこまでは考えていなかった」

「実は、私もこれまでは真剣に考えたことはなかった。だが、今、話をしていて、そう考えるといろいろ辻褄（つじつま）が合いそうな気がしてきたんだ」

「沢村街に殺人の容疑がかかるとなると、俺は、もう逃れようがない。いずれ、娘のこともマスコミに嗅ぎつけられてしまう。俺の考えが甘かったんだ」

「娘さんは、法律上は、まだ少年だな」

安積が言った。法律のうえでは、男女を問わず、未成年者を「少年」と呼ぶ。「少年法の目的を知っているだろう」

「もちろん。少年犯罪も俺たち防犯課の仕事だ」

「少年法は少年の健全な育成を目的としている。少年の非行については、性格の矯正と環境の調整に関する保護処分を行うということになっている。つまり、おまえの娘さんもマスコミの餌食になることはないということだ。どうしてそんなことに気がつかなかったんだ?」

「気づいていたさ。だが、法には抜け道があることも、俺は知ってしまっている」

「もう、おまえの娘の件は、一部のマスコミの人間に知られている。私が、情報を得たのは、マスコミの人間からだ」

鳥飼は驚かなかった。彼は、すでに予想していたのだろう。

「今はまだ、マスコミの連中は警察の顔色を見ている。警察が具体的に動くのを待っているんだ」

「こっちには少年法があるんだ。連中の好き勝手にはさせない」

「俺は、娘のことではなく、自分の身を案じていただけなのかもしれないな……」

「それに気づいただけでも、まだましと言わねばならないな……。だが、おまえは、自分で言っているとおり、愚かなのかもしれない。仕事が好きだと言いながら、その仕事を冒瀆しようとしたのだからな……。おまえは、今の仕事が好きだなどと言う権利はないのかもしれんぞ」

鳥飼の疲れの表情がいっそうひどくなった。彼は反論しようともしない。

「おまえの言うとおりだ。捜査本部におまえがいてくれてよかった」

「だが、私は、これ以上何もできない。おまえがやるんだ」

鳥飼が、ぼんやりと安積を見た。長い間見つめていた。安積も目をそらさなかった。

やがて、鳥飼は、手もとのグラスに目をもどし、諦めたようにうなずいた。

「そう……」

鳥飼は、力なく言った。「早いほうがいいだろうな」

「今から行こう」

「いや、俺の問題だ。おまえには迷惑はかけられない」

「まだわかっていないらしいな。すでに、私の関心事なのだ。娘さんから、沢村街の話を聞かなければならない」


鳥飼が住んでいるのは、京浜急行沿線にあるマンモス団地だ。

二十年以上働いて、警察官が住めるのは、せいぜいこういったところだ。

自分は、贅沢な生活をしているほうかもしれないと安積は思った。

「娘はまだ帰っていないかもしれない」

鳥飼が、玄関のドアを開けながら言った。「もしかしたら、帰らないかもしれない」

安積は、そうしたことに対して、鳥飼が大変文句を言いにくい立場にあることを理解していた。子供の教育に熱心な刑事に、安積は会ったことがない。その気はあっても忙しすぎるのだ。

子供のしつけや教育は、妻に任せっきりになってしまう。

それを喜ぶ妻など、いはしない。

そして、子供が非行に走ったり、妻が家を出て行ったりするのだ。

鳥飼の家に着いたのは、十時ごろだった。玄関で鳥飼が呼ぶと、彼の妻が出てきた。

安積は、彼女を若いときから知っていた。だが、ずいぶん印象が違っていた。

彼女は、にこりともしない。安積の訪問を迷惑がっているようにさえ見える。

驚くほどの美人ではなかったが、若い頃は、そこそこ美しかったはずだ。

今は、見る影もない。顔立ちの問題ではない。表情のせいだった。

彼女は無愛想で、疲れ果てて見えた。自分の身の回りをかまうのも面倒なように見えた。

「覚えているだろう。安積くんだ」

「いらっしゃい」

彼女は相変わらず、笑顔を見せずに、それだけ言った。

「佐知子(さちこ)は帰っているか?」

佐知子というのが、娘の名前だった。鳥飼の妻は、首を不機嫌そうに横に振った。

「まだですよ」

鳥飼は、安積のほうを見て尋ねた。

「どうする?」

「さしつかえなければ、待たせてもらいたい」

鳥飼の妻の表情が変わった。にわかに不安そうな顔になった。

夫の顔と安積の顔を交互に見つめる。とたんに、彼女は、か弱い印象になった。

「いったい何の話なの?」

「佐知子に話がある。仕事なんだ」

「仕事って、あなた……」

鳥飼は、妻を無視した。玄関のごく狭い三和土から上がり、安積に言った。

「狭いところだが、上がってくれ」

「失礼します、奥さん」

安積は、鳥飼の妻のまえを通り過ぎた。彼女は脅えているといってよかった。

すでに、安積は仕事のときの心構えになっていた。正確に言えば、そうであってほしいと望んでいた。小さなリビングルームに通された。

安物の応接セットが、安積になぜか悲しみを感じさせた。

鳥飼の妻は、不安におののきながらも、なんとか、安積に茶を淹れてくれた。

鳥飼は、着替えなかった。これから娘と話すのは、あくまでも仕事だということを強調したいのだ。ふたりは、黙って茶をすすった。鳥飼佐知子が帰宅したのは、午前零時を過ぎてからだった。

「何だって言うのよ、うるさいわね」

父親が、話をしたい、と言ったときの、佐知子の最初の反応だった。

「おまえのしていることを、父さんは警察官として見過ごすことはできないのだ」

鳥飼佐知子は、面白くもない冗談を聞かされたような態度だった。

「いまさら、なに、つまんないことを言ってるのよ。あんた、自分の身分が大切なんでしょう? 自分だけがかわいいんだ。ママのこともあたしのことも何とも思っちゃいない。だから、あんたには、何にもできないんだよ」

安積は、リビングルームでそのやりとりを聞いていた。

反抗的だが、とにかく佐知子はしゃべっている。これは、沈黙するよりずっといい傾向だった。

本人は、立ち直るチャンスを、無意識のうちに待ち望んでいる場合が多いのだ。

「どうするべきか考えがまとまらなかったんだ。だが、今夜、心が決まった」

「何だって言うのよ?」

「おまえは、しかるべき処分を受けなければならない」

「あんた、クビになるよ」

笑いを含んだ声だった。この少女は、おとなをばかにしきっているようだ。

つまらないおとなを多く見すぎたのだ。沢村街のそばでか、あるいは、風俗営業の店で――。

「しかたがない。それも、父さんの責任だ。おまえは、未成年だから、保護観察処分を受けることになる」

「笑わせるんじゃないわよ。いまさらそんなこと、できやしないくせに」

「安積」

鳥飼が、呼ぶ声が聞こえた。安積は、おもむろに立ち上がり、玄関に出ていった。

鳥飼が、佐知子に紹介した。

「同僚の安積警部補だ。おまえの帰りを待っていたのだ」

佐知子の反抗的な眼が、驚きに見開かれた。彼女の唇の締りがなくなっていく。

彼女は、明らかに衝撃を受けたのだ。父親が本気であることにようやく気づいたのだ。

彼女の母親も、似たような表情をしている。彼女たちは、自分の夫、そして父の、外での姿を見ることになったわけだ。

鳥飼が、ちょっと強権を発動しただけで、娘は、なす術をなくした。

「なんでよう……、なんでなのよう……？」

彼女は、あっけなく打ち砕かれ、うろたえた。鳥飼は犯罪者に対する警察官の態度を崩さなかった。

「これから、いっしょに警察署に行ってもらうが、そのまえに話を聞いておきたい」

鳥飼の妻が、驚いて言った。

「あの……、これからですか……?」

「俺の仕事に時間は関係ない。今までの生活を見ていてそんなこともわからなかったのか」

初めて、安積が、佐知子に話しかけた。

「君に尋ねたいことがある。正直に話してくれれば、力になれることもあるかもしれない」

佐知子は、まだ、自分の身に起こったことを正確に把握しきれていないようだ。

彼女は、小さくかぶりを振り続けた。

「いや。何も話したくない」

「それは許されない。おまえは、殺人事件について尋問を受けるのだ」

鳥飼が言った。佐知子は、また、新たな衝撃を受けた。

彼女は、もはや、誰も自分を助けることはできないと、ようやく悟りはじめていた。

「ママ……」

佐知子は弱々しく言った。「ママ、あたし、どうしたらいいの?」

母親は、すがるように鳥飼を見た。

おそらく、ここ何年もそんな眼で夫を見たことはなかったろう。

「あなた……」

「おまえは、安積警部補と話をするんだ。今、おまえがやるべきことはそれだけだ」

鳥飼が、安積を見た。安積はうなずき、言った。

「リビングルームへ行きましょう」

17

鳥飼は、妻を別の部屋に連れていった。安積は彼が戻ってくるまで、佐知子とふたりきりになり、無言で待ち続けた。鳥飼は、かなり長い間、戻ってこなかった。

妻に娘の処遇について説明をしているに違いないと安積は思った。

その間、安積は、佐知子を観察していた。父親に面影が似ている。

だが、その特徴は、見事に女らしい顔立ちの中に取り込まれている。

美人といってよかった。特に大きな目が、若い男の心をくすぐるはずだ。

彼女は、ソファにすわり、うつむいている。すでに、何もかも諦めたのか、抵抗の意思を見せようとしない。

代わりに、彼女は、殻の中に閉じ籠もってしまったようだった。

その殻をこじ開けるのが、刑事の仕事だ。

鳥飼が戻ってきた。安積は、わざと、席を外させなかったのだ。

尋問の内容によっては、肉親がいないほうが都合がいいことがある。

むしろ、そういう場合のほうが多いかもしれない。特に、父親の娘に対する思いは、複雑だ。

だが、安積は、あえて、鳥飼を同席させることにした。

娘の問題は、鳥飼が片づけるべきであり、本人がそう言ったからだ。

鳥飼は、安積と佐知子の両方を見渡せる位置にすわった。

安積と佐知子は向かい合ってすわっている。尋問の際にもっとも相手に圧力をかけやすい位置だ。安積は、長年の習慣で、その場を無意識のうちに選んでしまう。

「おまえが、コカインを常用していることはわかっている。父さんの眼は、ふしあなじゃない。それどころか、一般の人の眼とも違う。警察官なんだ。その点については、言い逃れはできない。聞きたいのは、コカインを誰から手に入れているかということだ」

佐知子は、うつむいたまま身動きもしない。もちろん、口も開こうとはしない。

「これは、父親が娘に友達のことを尋ねているのとは訳が違う。警察の尋問なんだ」

鳥飼の声音には、冷たい響きがあった。佐知子は、ようやく感情の動きを見せた。その眼に、怒りのようなものが浮かんだ。彼女はうつむいていたが、安積は見逃さなかった。

鳥飼は、質問を繰り返した。

「さあ、こたえてもらおう。誰からコカインを手に入れていたんだ?」

沈黙。

「ここでしゃべりたくなかったら、警察署へ行って取り調べることになるぞ」

「連れていけばいいわ」

下を向いたまま、佐知子は、言った。「娘に手錠をかけてね。近所の人が見るわ」

鳥飼は、佐知子を見つめたままかぶりを振った。

「そういうことは、もう気にしない。すべて、警察官の論理で問題を解決することにしたんだ」

「いつも勝手なことばかり言うのね。ママもあたしも、その犠牲になったんだわ」

「甘ったれるな。おまえは、自分の弱さと愚かさに負けただけだ」

そろそろ口を出さなければならない――安積は思った。

「瀬田守という脚本家が殺されたのは、知っていますか？」

佐知子は、うつむいたままだったが、明らかに安積の言葉に関心を持った。

意外な質問だったからだろうと、安積は思った。

「知っていますか？」

多少、語気を強めて、安積は、答を求めた。

「テレビで見たわ……」

「容疑者は、風森組という暴力団の準構成員です。だが、彼が、瀬田守を殺す動機がはっきりしない。風森組と瀬田守を結び付けるのは、コカインしかないんですよ。瀬田守は、殺されたとき、コカインを使用していました。鑑識の検査で発見されたのです。そして、風森組は、コカインを扱っている」

佐知子は、黙って安積の話を聞いているようだった。安積は続けた。

「単純に考えれば、コカインを巡る暴力団とのトラブルという推理が成り立ちます。でも、おそらくそうではない。瀬田守は、殺された日のその時間に、沢村街と会う約束になっていたのです。沢村街は知っていますね?」

やや間をおいてから、佐知子はうなずいた。

刑事たちが何を知りたがっているのかを、理解しはじめたのかもしれない。安積はそれでもかまわないと思った。

犯罪者は、たいていはアマチュアで、警察官はプロだ。

かけひきで警察官が、犯罪者や容疑者に負けるはずがないのだ。安積はさらに説明を続けた。

「沢村街は、その時間に、テレビタレントの水谷理恵子と食事をしていました。沢村街本人が言うには、約束を取り消してきたのは、瀬田守のほうだというのです。でも、それを証明するものは何もありません。沢村街が、そう言っているにすぎないのです。一方、あなたは、沢村街と付き合っているところを、ある人物に撮影されている。そして、その人物は、あなたが沢村街からコカインを買っていると信じている。コカインを買うために、あなたが何をして金を稼いでいるかも、その人物は知っていた」

安積は、佐知子が理解しやすいようにそこで間を取った。

佐知子を観察する。

両手を固く握り合わせている。指に圧迫された部分が白くなっていた。

彼女は、緊張している。あるいは、苛立っている。

「つまり、沢村街がコカインを売りさばいているとしたら、この殺人事件においては、彼が特別な立場になってくる可能性があるのです。言っている意味、わかりますか？」

佐知子が顔を上げた。

驚いたことに、彼女は、安積を見下すように笑いを浮かべたのだった。

何が、彼女の精神を支えているのだろう？　安積は考えた。

彼は、思わず、鳥飼を見ていた。鳥飼も不思議そうに自分の娘を見ている。

安積は、話を続けるしかなかった。

「表現がわかりにくければ、はっきり言いましょう。沢村街は、この事件の重要参考人と言ってもいいのです。つまり、被疑者の次に警察が眼をつける人間ということです。今後は、条件次第で、被疑者になるかもしれません。こういう場合、重要な情報を提供してくれた人物に対して、警察は、決して悪いようにはしないものなのです。つまり、あなたの場合もそうです」

「おい、安積」

鳥飼が、驚いて言った。「日本の警察は取引はしない」

安積は、鳥飼のほうを見なかった。佐知子を見つめたまま言った。

「そう。彼の言うとおり、取引はしません。ただ、警察官も検察官も人間です。協力してくれた人間への恩は忘れないものです。それを頭に入れていただいたうえで、質問させてもらいます」

安積は、また間を取った。「沢村街は、あなたにコカインを売っていたのですか？」

長い沈黙。

佐知子が、口を開いた。

「沢村さんが、瀬田守を殺したとでも言うの？」

安積は、慎重に考えた。その結果、ここでは、正直に振る舞うことにした。たまには、須田を見習ってもいい。彼は、佐知子をまっすぐに見すえ、うなずいた。

「殺したのは、風森組のチンピラでしょう。でも、殺させたのは、沢村街かもしれないと、私は考えています」

「どうして沢村さんが、瀬田守なんかを殺させたと考えているの？」

勝利を確信した人間の口調といってよかった。あるいは、真実を知っている人間の……。

安積は、鳥飼も興味深げに自分を見ているのに気づいた。

自信が揺らぎかけたが、なんとか持ちこたえて、説明を始めた。

「沢村街は、瀬田守の弟子をしていたことがあると言われていますが、実のところ、瀬田守に利用されていたにすぎない。沢村街が書いた作品を瀬田守の名前で発表して、ずいぶんと成功したものだそうです。つまり、沢村街の才能は、瀬田守を必要としていなかった。

沢村街が必要だったのは、瀬田守が持っている仕事のうえでの人脈だったそうです」

安積は、思考をフルスピードで回転させながら、しゃべっていた。

それに反して、口調は、事実を確かめるように、ゆっくりとしている。

彼自身のなかで、これまで、形を成さなかったものが、固まりつつあるのだ。

「すでに、今の沢村街にとって、瀬田守は、何の価値もなかったのです。しかし、瀬田守は、恩を売り続けようとしたわけです。ここで、コカインが絡んでくる。瀬田守は、沢村街が、あるコカインの輸入ルートを持っていることを知る。沢村街が、アメリカ放浪中に見つけたルートです。瀬田守は、沢村街から、格安でコカインを手に入れようとする。沢村街は、何度かそれに応じる。ところが、瀬田守は、それをネタに、沢村街を揺するようなことを始めたとします。沢村街にとっては、きわめて邪魔な存在となりました。それで、消してしまおうと考えたわけです」

「どうして瀬田守が、沢村さんを揺すったりしなけりゃならないの？」

佐知子が、しゃべり始めた。安積には、彼女との会話を途切れないようにする必要があった。

「瀬田守は、はっきり言って落ち目でした。仕事のやりかたもうまくない。そこで、沢村街から、また甘い汁を吸おうと考えたのかもしれません。だが、沢村街にそんな気がないのははっきりしています。瀬田守は、自分が恩を売っている気になっていますし、業界の大先輩でもありますから、当然、腹を立てるはずです。それも、猛烈に。なりふりかまわず、沢村街を困らせようとしたかもしれません。そして、うまくいけば、自分の言いなりになるようにしようと考えたのかも……」

「瀬田守を殺したのは、チンピラだわ」

「そう。だが、さきほども言ったように、動機がはっきりしない。チンピラは、誰かをかばおうとしているようなのです。それが風森組なのか、それとも他の人間なのか、まだわかっていません」

「警察の捜査もたいしたことないのね」

「そうでもないと思いますよ。日本の警察の犯人検挙率は、世界一です」

「沢村さんがどうしてコカインなんか売らなきゃいけないの? 沢村さんは、自分の才能で成功した人よ。お金も充分にあるわ。社会的名声もある。コカインなんか売る必要ないじゃない」

佐知子の言葉は、自信に満ちていた。

彼女は、すでに、さきほどまでの、ただ、うろたえていた少女ではなかった。安積は、佐知子の言葉を真剣に検討しなければならなかった。

「今はそうです。だが、成功するまでにコカインの力を借りたのかもしれない。つまり、コカインの販売ルートを持っているということで、あちらこちらに顔ができる。それを、仕事に利用した……」

「そんなことで、成功できるほど、あの世界は甘くないわよ」

その語気は厳しかった。

自分もその世界の一員であるという自負があるように聞こえた。

あるいは、その世界に参加しようとしている人間の思い込みか……。

さらに、佐知子は言った。

「それに、考えてもみて。沢村さんは、瀬田守のゴーストライターをやるほどの実力があったのよ。それに、伯父さんのコネもある。わざわざ、コカインなんかに手を出す必要、ないのよ。なんで、そんなことがわからないのよ？」

安積は、黙った。彼は考えていた。佐知子の言うことは、理にかなっている。

だが、まだ、何の答も出てはいないのだ。さらに、こちらの手の内を明かすべきだろうか？

安積は、しばし迷っていた。彼は言った。

「しかし、沢村街が瀬田守殺害の主犯だとしたら、すべてがうまく説明がつく……」

佐知子は、急に感情を昂ぶらせた。

「どうして沢村さんを殺人犯にしようとするの？　沢村さんはそんな人じゃないわ」

そのとき、静かに鳥飼が言った。静かすぎて、不気味なほどの語り口だった。

「だが、沢村街は、おまえにコカインを与えた」

「なぜ、そう思うの？　警察は、どうして沢村さんを疑うの。彼、何もしていないわ」

「では、おまえにコカインを売っていたのは、誰なのだ？」

佐知子は、鳥飼と安積を交互に見て、勝ち誇ったように言った。

「警察には……、男たちには想像もつかないでしょうね」

今や、安積と鳥飼は、佐知子をじっと見つめ、彼女の話に耳を傾けていた。

「想像もつかない事実を教えてあげたら、私の罪は、少しは軽くなるのかしら?」

安積はうなずいた。

「警察の役に立つことなら、充分に考慮される」

佐知子は、安積と同じようにうなずいた。今では、立場が対等になったように感じられた。

安積は、次の佐知子の言葉を心待ちにしている自分に気づいた。

おもむろに、佐知子が言った。

「あたしにコカインを売っていたのは、水谷理恵子よ」

「いいかげんなことを言うな!」

鳥飼が、怒鳴った。「そんな与太話、誰が信用するもんか」

「だから言ったでしょう。男の人には想像もできないでしょうって……」

安積は、正直に言うと仰天していたし、鳥飼と同じような気持ちだったが、さらに、佐知子の話を聞かねばならないと思った。

彼女は、もっと何かを知っている。それが態度でわかった。

安積が尋ねた。

「水谷理恵子は、どこからコカインを手に入れたんだ？」

「詳しく知らないけど、さっきから、あんたたちが言ってる風森組だと思うわ。水谷理恵子が風森組の坊やと付き合っているって噂、聞いたことあるから」

安積は、また、鳥飼の顔を見ていた。二人の刑事は、似たような表情をしていた。驚きと困惑、そして、冷静に検討しようという努力が表に現れていた。

佐知子は、さらに勝ち誇ったように言った。

「瀬田守にコカインを流していたのだって、水谷理恵子よ。彼女は、逆にそのことで揺すられ、いやいや瀬田守と食事なんかしていたみたいだけどね……」

安積は、心の中心が、しんと冷えてしまったような気がしていた。

今や、すべての構図が明らかになってしまった。安積は、須田がここにいてくれたら、と思う反面、いなくてよかったとも思った。須田は、この事実をどう受け入れるのだろうか。

鳥飼が、安積に、廊下に出るように身振りで示した。安積はうなずき、立ち上がった。

「俺には、娘の言うことが信用できん」

廊下に出ると、鳥飼が、声をひそめて言った。「あれは、作り話だ」

安積は、慎重に吟味したあと、言った。

「……辻褄は合う。ひょっとしたら、沢村街主犯説よりも……」

「本気で言ってるのか？　子供の言うことだ」

「娘さんは、子供と呼べる年ではない。もし、そうだとしたら、なおさらだ。子供にできる作り話じゃない。水谷理恵子主犯説の有力な点は、沢村街の主犯説では説明ができない風森組の事件への関わりが、無理なく説明できるということだ。さらに、実行犯の奥田との関係も説明できる」

「つまり、水谷理恵子と付き合っていた風森組のチンピラというのは……」

「間違いない。奥田隆士だ」

「しかし……」

「捜査本部では、容疑者の奥田を風森組の準構成員と発表しただけだ。水谷理恵子の名前は一切出していない。そして、娘さんは、水谷理恵子が、風森組の『坊や』と付き合っていると言ったんだ」

「あの場ででっちあげた嘘かもしれない」

「それにしては、筋が通りすぎている。水谷理恵子が奥田隆士を使って瀬田守を殺させたとしたら、沢村街の供述を疑う必要がなくなるんだ。つまり、瀬田守が約束をキャンセルしてきたという話だ。水谷理恵子が、同じ時間に瀬田守を誘う。瀬田守は、当然、水谷理恵子のほうを取るだろう。だが、水谷理恵子は、約束の場所には行かない。そこに行ったのは、奥田隆士だ。そして、犯行に及んだ。一方、水谷理恵子は、何事もなかったように、沢村街と食事をしていた……」

そこまで話して、安積は、妙な疲労感を覚えた。彼にしては、珍しくしゃべりすぎたせいかもしれない。

彼は、鳥飼を何とか助けたくて、しゃべらずにいられなかったのだ。

安積は、話のペースを落として言った。「とにかく、裏は取れるはずだ」

「おい、そうなると、風森組へのウチコミはまずいな」

安積は、鳥飼の言うことをすぐに理解した。今、へたに風森組に家宅捜索をかけると、水谷理恵子との関係が、まったくつかめない羽目になってしまう。うまく泳がせて、現行犯逮捕するしかないのだ。

「電話を貸してくれ」

安積は、言った。鳥飼は、リビングルームを指差した。

安積が部屋に入っていくと、佐知子が、まだ、うなだれてすわっていた。

彼女のことを気にしつつ、安積はプッシュホンのボタンを押した。

五回、呼び出し音が鳴り、電話がつながった。村雨の妻が出た。安積は名乗った。

三十秒ほど待たされた。

「村雨です」

聞き慣れた声。安積は、すぐに事情を説明しはじめた。

佐知子から得た情報をすべて話し、風森組と水谷理恵子の関係をつかみたいので、慎重な捜査が必要なことを述べた。村雨は、理解した。こういう場合の彼は、頼りになる。

「わかりました」

彼は言った。「なんとかやってみます。任せてください」

安積が電話を切ると、鳥飼が、入れ替わりで受話器を取り、所轄署に電話をした。

彼は、パトカーを呼んだ。佐知子を連行するためだ。

安積は、迷ったすえ、ついて行くことにした。いっしょに行っても、何かできるとは思えなかった。だが、ついて行かずにはいられない気がしたのだ。

鳥飼の妻が、奥の部屋から出てきた。彼女は、ただ黙って、父と娘を見つめている。

ひどく無力に見えた。この場合、誰でもそうなるだろう。

安積は、他人のこういう姿なら見慣れていた。逮捕される容疑者、取り残される肉親。

だが、今回はそうではない。初めての経験といってよかった。

長い間、警察官をやってきて、まだ、初めてのことがある。

それから、パトカーが来るまで、誰も口をきこうとしなかった。

18

案の定、須田は、ひどく悲しそうな顔をした。黒木は、無表情だった。

鳥飼が、佐知子のことについて説明し終わり、安積が、佐知子の言ったことについて説明した。

捜査本部の誰も口を差し挟まなかった。説明が終わっても、しばらく沈黙が続いた。

タフな刑事たちだが、さすがにこたえたようだ。安積も気力が萎（な）えていた。

「その話の裏を早急に取る必要がある」

そう言ったのは、梅垣係長だった。いつ何時でも、ベテランが窮地を救う。

「風森組へのウチコミについては、ストップをかけました」

安積が言った。「水谷理恵子と風森組の関係をつかむのがベストですから……」

「それについては、私が高輪署、及び、本庁捜査四課との連絡係をやろう」

相楽が、書類に何かメモしながら言った。メモではなく単なる落書きだったかもしれない。

「私は、保安二課との連絡係だ」

鳥飼が言って、一同を見回した。「心配しないでくれ。もう、隠しごとはないよ」

誰も笑わなかった。だが、すでに、皆、鳥飼を受け入れていた。

安積の外科手術は、成功したのかもしれない。

今、捜査本部は、ようやく、事件の解決に向けて足並みがそろったのだ。

精神的犠牲は、やむを得ないものだった。

「……それと、沢村街だがな……。はっきりさせる必要があるな――」

梅垣係長が、さらに言った。「今回の事件に、彼がどう関わっているのか……」

安積はうなずいた。それは、湾岸分署の役割だった。

「彼は、容疑者ではありません。会いに行っても、沢村優太郎は文句など言わんでしょう」

安積は、まず、相楽の顔を見た。相楽は何も言わなかった。

沢村街は、刑事の二度目の訪問を受けても、戸惑ったり、慌てたりはしなかった。

前回と、まったく印象が変わらない。物腰は柔らかく、自信に満ちている。

「鳥飼佐知子という少女をご存じですか？」

安積は、尋ねた。沢村街は、それでも落ち着いていた。

彼は、柔らかい眼差しで安積を見返して、うなずいた。

「知っています。アマチュア・バンドの勝ち抜きコンテストをやるテレビ番組がありまして……。私は、審査員のひとりでした。鳥飼佐知子さんは、その番組に出演したのです」

「あなたと、鳥飼佐知子さんの関係は、それだけですか？」

「いいえ。私は、鳥飼佐知子さんにある関心を持ちました。それで、番組のあとに声をかけたのです」

「それは、女性としての関心を抱いたということですか？」

「そうじゃありません。おもしろい素材だと思ったのです」

沢村街の表情は、相変わらず、柔和だ。そして、気分もくつろいでいるようだ。

「それは、音楽家としてですか？」

「微妙な質問ですね。純粋に音楽的に優れていたわけではありません。でも、ファンを獲得することはできたかもしれません。アイドルのように。今では、ロックバンドもアイドルの要素が必要です」

沢村街は、佐知子が逮捕、あるいは、補導されたことをまだ知らないはずだ。

彼は、表情を曇らせた。辛いことを告白する口調になった。

「彼女は、ドラッグに手を出したのです。私は、そういうスキャンダルの種を抱えた素材は、決して扱いません。冷たいようですが、それが、お互いのためなのです」

「ドラッグ？　コカインか何かですか？」

これは、誘導尋問でないな――安積は、心の中で確認しながら言った。

「そう。コカインです。私も不注意だったのです。私は、鳥飼佐知子さんについてさまざまなことを知りたいと思ったのです。私は、何度か彼女に会いました。そのうち、彼女が、勘違いをしていることに気づいたのです。つまり、鳥飼佐知子さんは、芸能界の暗い側面のことを意識しすぎたのですね」

「勘違い……？　具体的には、どういうことなのですか？」

「デビューさせる代わりに、体を与えるとか……。まあ、そういったことです。彼女は、私の自宅をつきとめて、訪ねてきたりもしました。誓って言いますが、私は、そういう仕事の仕方はしません」

安積は、うなずいていた。須田と黒木は、身動きしなかった。

「鳥飼佐知子とコカインの関係についてですが……?」

「私の不注意と言ったのは、その点も含めてなのです。鳥飼佐知子さんは、私の部屋に何度か訪ねてきたことがありました。そのうちの何回かは、水谷理恵子と顔を合わせているのです」

「つまり、水谷理恵子があなたの部屋にいたということですか?」

「そういうことです。そして、鳥飼佐知子さんは、水谷理恵子からコカインを手に入れたのです」

「水谷理恵子は、あなたの部屋で、コカインを使用していたのですか?」

「そうです」

沢村街は、ため息とともにその言葉を吐き出した。

彼は、すべての覚悟を決めているような感じだった。

安積は、そのとき、ようやく気がついた。沢村街は、本当に頭のいい男なのだ。

警察に対するいいかげんな申し開きなど通用しないことを知っている。

正直に話して、心証をよくするほうを選んだのだ。落ち着いていたのはそのせいだった。

安積は、そのとき、沢村もいっしょにコカインを使用したかどうかは、あえて尋ねなかった。

その質問に対する答よりも、大切な点があるからだった。安積は、重ねて尋ねた。

「あなたの部屋で、水谷理恵子が、鳥飼佐知子にコカインを教えたというわけですか?」

「そうです。その後、鳥飼佐知子さんは、水谷理恵子か、彼女と付き合っていた若者に連絡をつけて、コカインを買うようになったようです」

「あなたから買っていたわけではないのですね」

「違います。どこをどう調べていただいてもいい。芸能記者など、一部の人たちのなかには、そういうふうに勘繰っている人もいるようですが、誓ってそんなことをしちゃいません」

「水谷理恵子が付き合っていた若者というのは？」

「風森組と関係があった男で、刑事さんもよくご存じのはずです」

「奥田隆士……？」

「そうです」

「ある噂のせいで、私たちは、あなたが、コカインがらみの揺すりを受け、瀬田守殺害を計画したと考えたこともありました」

「考えられることですね。でも、私はそんなことはしていない」

今では、安積もそれを知っていた。安積は、あくまでも冷たい尋問口調で言った。

「あの夜、何があったか、話してもらえますか？」

沢村街は、穏やかにうなずき、すみやかに話し出した。

まるで、何度も練習したように、滑らかなしゃべりかただった。

「あの日の午後、瀬田さんから、約束をキャンセルしてくれという電話が入りました。私は、その予定を取り消し、あいたスケジュールを埋めるために、水谷理恵子に電話しました」

さきほどの話から、沢村街と水谷理恵子はかなり親密に付き合っていることがわかる。彼にとって、水谷理恵子は、単に『スキャンダルをかかえた素材』ではなかった。それ以上の付き合いだったのだ。

安積は、その点も追及しなかった。沢村の話に水をさしたくなかったのだ。

「――先日お話ししたような段取りで、私たちは会うことに決め、食事をしました」

そこまでは、前回に聞いた話と同じだ。安積は、その先を聞きたかった。

「――だが、そこで、私は、水谷理恵子からなぜ瀬田さんが私との約束をキャンセルしてきたかという理由を聞くことになるのです。水谷理恵子は、瀬田さんに電話をして、海岸通りに呼び出したというのです。しかし、理恵子は眼のまえにいる。どういうことかと尋ねると、瀬田さんに会いに行くのは彼女ではなく、奥田隆士だ、と言うのです。まえまえから、瀬田さんが、彼女に迫っているのは知っていました。その件で、相談を受けたこともあります。瀬田さんは、何とか理恵子をものにしたかった……。彼は、計算ずくで彼女からコカインを買いました。そして、それをネタに彼女を揺すりはじめたのです。自分のものにならなければ、コカインのこと、暴力団関係の男と付き合っていることなどを、親しい芸能記者にばらしちまう、と……。それで、ついに、彼女も頭に来たのです」

今まで、冷静だった沢村街が、急に訴えるような口調になった。

「――でもね、刑事さん。彼女は、そのとき、こう言ったのです。『隆士に瀬田さんを、少し懲らしめてもらうことにしたわ』って……。わかりますか？　彼女は、瀬田さんを殺せとは言ってないのですよ。奥田隆士に、瀬田さんを懲らしめてくれと言っただけなんです。そのあとのことについては、奥田隆士に責任があります。違いますか？」

安積はこたえなかった。たとえ、殺せとは言っていないにしても、奥田隆士が、瀬田守を殺してしまうような状況を予想し得た場合、水谷理恵子は、未必的故意を追及されることになるだろう。

安積は、こたえる代わりに質問をした。それが、刑事の仕事なのだ。

「奥田隆士は、瀬田守を憎んでいたと思いますか？」

「憎んでいました。奥田隆士は、水谷理恵子に夢中でしたから……」

「あなたの場合はどうなのです？　水谷理恵子とはかなり親しいようですが……」

「奥田隆士のまえでは、うまく振る舞っていましたから。仕事がふたりをカムフラージュしてくれました」

「水谷理恵子は、コカインを奥田隆士から手に入れていたのですね？」

「そうです。奥田は、風森組から、ある程度、売買を任される立場にあったようです」

いわゆる、バイニンというやつだ。上がりは、ほとんど組に吸い取られる。

それでも、奥田は、水谷理恵子と親しくなることができた。

チンピラが、人気アイドルと付き合うことができる――彼は、有頂天だったに違いない。

これも、麻薬が持つ魔力のせいか。しかし——安積は思った。そんなものに人生まで売り渡しちまうのか……。

安積は、知らず知らずのうちに眼を伏せていた。沢村の声が聞こえてきた。

「私は、何かの罪に問われるのでしょうか？」

安積はしばらく黙っていた。その間、誰も口を開かない。

やがて、安積は、ゆっくり首を横に振った。

「いいえ。ですが、今言ったことを、法廷で証言してもらわねばなりません」

「なるほど、それが、私に対する罰というわけだ」

沢村街が、証言をすれば、マスコミの恰好の餌食となるだろう。

そのときこそ、伯父さんの力を借りればいいのだ——安積は思った。

沢村街の事務所を出て、覆面パトカーに向かう途中、安積は須田と黒木に尋ねた。

「おい、私は沢村街と取引をしたと思うか？」

黒木は、無言で、しかしながら慎重な面持ちでかぶりを振った。

須田は、言った。

「もし、そう思う人がいたとしたら、それは、チョウさんだけですよ」

安積たちは、そのまま捜査本部に引き上げた。その場にいた捜査員たちに、沢村街から聞いた話を報告する。

そこへ、相楽から報告が入った。風森組の組員と水谷理恵子が接触したという。

水谷理恵子は、奥田隆士からコカインを買っていた。奥田は、留置所のなかだ。

しかし、コカインはほしい。

それで、ついに別の組員と話をつけたというわけだろう。

慎重を期して、踏み込みはせず、写真に収めたという。

相楽もやるものだ、と安積は思った。一度接触した常用者とバイニンは必ずまた接触する。そのときを待っても遅くはない。今は、水谷理恵子を麻薬の売買で検挙したいわけではない。彼女に対する、殺人の逮捕状がほしいのだ。

取調室のなかの空気は、硬く張りつめていた。奥田隆士が、誰とも視線を合わせぬように正面の壁を睨んでいる。

向かいの椅子には、梅垣係長。壁際には、柳谷主任が立っている。

もうひとつの机には、記録係の制服警官。戸口には黒木が立っており、今、安積と須田が、奥田に近づきつつあった。

梅垣係長が、黙って席を立った。安積は、そこに須田をすわらせた。

梅垣と安積は、並んで机の脇に立った。須田が、奥田隆士に向かって言った。

「警視庁東京湾臨海署の須田です」

奥田隆士は、正面を見すえたままだ。だが、須田の言葉に明らかに動揺したようだった。

容疑者に、自分の身分や名前を明らかにする刑事はあまりいない。

その証拠に、梅垣や、制服警官は、奥田以上に驚いているように見えた。

須田は、言った。

「これまでにわかった事実を、これからあなたにお話しします」

須田は、話した。鳥飼佐知子から聞いたこと。沢村街が言ったこと。そして、水谷理恵子が、風森組の組員に、コカインを買うために会ったこと——。

奥田は、まだ、壁を見つめていた。

しかし、感情の昂りのために、顔色が変わり始めていた。

須田は、最後に言った。「残念だけど、あんた、もう、水谷理恵子をかばえないんですよ」

奥田は、しゃべった。

奥田隆士が、瀬田守に会いに行ったのは、確かに水谷理恵子に頼まれてのことだった。

彼は、瀬田守を脅すつもりで、出かけて行った。瀬田守とは顔見知りだった。

瀬田守は、白いベンツで水谷理恵子を待っていた。そこに奥田隆士が近づいた。

奥田隆士は、話があると言ってベンツの後部座席に乗り込んだ。

彼は、興奮していたので、シートの上に散らかっていた雑誌や衣類も気にせず、その上に腰を乗せた。長い時間、話をする必要はなかった。

水谷理恵子にちょっかいを出すなと言えばよかったのだ。

だが、当然のことながら、それだけでは済まなかった。気がついたら、瀬田守のポケットからのぞいていたバンダナで、彼の首を絞めていたという。

奥田隆士は、あくまで、瀬田守を殺すことになったのは自分の責任だと主張した。

しかし、須田が、根気強く質問を続けると、奥田と水谷理恵子の間で、次のような会話が交わされたことがわかった。奥田隆士が言う。「俺は、瀬田を殺しちまうかもしれない」

水谷理恵子がこたえる。「本当にそうしてくれれば嬉しいわ」

その供述は記録された。そして、その紙に奥田隆士の拇印が押された。

夕刻、捜査本部に捜査員全員がそろった。彼らは、逮捕状を請求するための書類を作りはじめた。

梅垣係長が、逮捕状請求書を書き、そのほかの者は、手分けをして、疎明資料を作成した。

作業が終わったのは午後八時近くだった。安積は、出番が終わったと感じていた。

「私たちは、引き上げる」

安積は、そう宣言して立ち上がった。須田と黒木も立ち上がった。

三田署の刑事も、本庁の連中も、安積たちの立場を理解していた。

この案件は、あくまで三田署のものとして処理されるのだ。

安積たちは、部屋を出た。

出口で安積は、鳥飼を一瞥したが、彼は安積を見ていなかった。

ベイエリア分署に戻った安積は、また潮の匂いを感じた。

裏の外階段からではなく、正面玄関から入りたい気分だった。

実際に、安積は、そうした。安積の後ろに、須田と黒木が続いた。

「ハンチョウ。子分を連れて、俺の縄張りを通るなんざ、いい度胸だ」

交通機動隊の小隊長、速水が言った。その瞬間、安積は、思い出した。

「しまった……」

「なんだ。急にここが恐ろしくなったか？」

「約束を思い出した。娘がオーストラリアから帰ってくる」

安積は時計を見た。すでに、八時十五分だ。「しかし、もう間に合わない」

速水は、すぐさま立ち上がった。カウンターの外に出てきた。

「成田に何時に着けばいいんだ？」

「九時だよ。しかし、今からじゃ……」

「いいか、ハンチョウ。何にも言わずに、俺について来い。何も言わずにだ」

「どうしようというのだ？」

「何も言うな」

須田、黒木、そして、速水の部下たちが、ふたりをぽかんとした顔で見送った。

速水は、スープラのパトカーに乗り込み、安積を助手席に乗せた。

猛然と発進すると、回転灯を点け、派手にサイレンを鳴らしはじめた。

「職務特権という言葉を知っているか」

速水が訊いた。安積はこたえる。

「職権濫用という言葉なら知っている」

木場から市川にかけてひどく混んでいたにもかかわらず、驚いたことに三十分で成田に着いた。

速水は、涼子とかつての安積の妻のために、楽しそうにサービスをした。

涼子は、パトカーで送られることをおもしろがった。

安積は、かつての妻と話をし、そのまま寿司を食べに行くことにした。

19

裁判所の窓口が開くのが、午前十時。それまでに、書類をそろえて待って、受付開始と同時に提出。逮捕状が下りたら、すぐに、待ち受ける仲間の刑事のもとへ駆けつける。

それが、だいたいの逮捕のパターンだ。これまで、安積は何回もそれを経験している。

だが、湾岸分署に来てからは、それもあまりなくなった。

容疑者の逮捕は、旧来の所轄署が担当するからだ。

いつのことかわからないが、臨海副都心構想が実現され、東京湾臨海署が、大幅に増員されるまで、ここの刑事たちは、助っ人でい続けることだろう。安積はそう思っていた。

午後、安積は、水谷理恵子逮捕の報告を署で聞いた。

彼は、それを部下に伝えた。

みんな、書類仕事の手を止めて、安積のほうを見た。

「今回は、うちの手柄だと思っていたんですがね……」

村雨が言った。

彼は、高輪署や捜査四課の連中といっしょに風森組と水谷理恵子の関係をつかむ組に回っていたのだ。その現場にも参加した。愚痴を言う権利は充分にある。

いっぽう、倉庫荒らしの件は、さらに、コカイン売買ルートの解明という大きな案件につながっていき、ベイエリア分署の手を離れた。

高輪署と、本庁の保安二課から専任の捜査員が出て、捜査を続けることになるのだろう。

もしかすると、鳥飼が担当するかもしれない。安積はふとそう思った。

「でも、今回の事件は、つまりは、沢村街も、奥田隆士も、水谷理恵子をかばいたいというか、守りたかったというか……、そういう点が本質ですよね？」

桜井が、言った。「ふたりとも、水谷理恵子がスターだからかばいたがったんでしょうかね？」

「そうじゃないよ」

須田が言った。「みんながかばいたがるから、水谷理恵子はスターだったんだ」

安積は、心の中で、須田に軍配を上げた。

アイドルが殺人事件の容疑で逮捕される。しかも、コカイン常用のおまけつきだ。

もうじき、世の中は、大騒ぎになるはずだ。テレビのワイドショーでは、レポーターが、ヒステリックにわめきたて、あるいは、悲愴(ひそう)を絵に描(か)いたような表情をして見せる。

三田署のまえは、社会部のいわゆるサツマワリの記者ではなく、芸能関係の記者、レポーターでごったがえしているだろう。

安積は同情したが、助けに行くのはまっぴらだった。

苦虫を百匹も嚙み潰(つぶ)したような梅垣係長の顔が目に浮かぶようだった。

一週間は、大騒ぎが続く。若者たちのなかには、本気で傷つく者もいるだろう。

水谷理恵子の所属プロダクションは、事後処理に追われ、ほとんど、日常の業務に手が付けられなくなるだろう。

コマーシャルの契約は、すべて破棄され、プロダクションは、そのうちのいくつかに違約金を支払うことになるだろう。大損害だ。

だが、それも驚くほど早く忘れられていく。大衆は身勝手だ。

安積たちも、すぐに別の事件のために奔走することになるだろう。

鳥飼が辞表を出したことを知ったのはその日の夕刻だった。

安積は驚き、本庁へ出向いた。

九階の防犯部保安課を訪ねると、鳥飼は、机を片づけていた。

安積を見ると、鳥飼は、弱々しく笑った。

「やあ……」

それだけ言うと、鳥飼は眼をそらした。

「話がしたい」

安積が言うと、鳥飼は、しばらく戸惑った様子だった。やがて彼は言った。

「一階の食堂へ行こう」

エレベーターのなかで、ふたりは口をきかなかった。

隅のテーブルに向かい合ってすわると、安積が切り出した。

「辞表を出したそうだな」

「ああ。受理された」

「この仕事を辞めたくない。他の仕事に就く気はないと言っていたのは誰だ？」

「警察の仕事を冒瀆している人間に、仕事が好きだという権利はないと言ったのは誰だっけな？」

「やめろと言った覚えはない」

「ああ……、わかっている」

「おまえは、娘さんのことを解決した。それは、おまえが、仕事を続けるために決断したことだったんじゃないのか？」

「そのつもりだった……」

「だったら、辞めるのはばかげている」

「もう遅い。退職願いは受理された」

「すぐに掛け合ってこい。まだ、間に合う」

「できるならそうしている。おまえは、わかっていない」

「なんのことだ？」

「辞表を出せと言ってくれたのは、課長の心遣いだ。でなければ、懲戒免職になっていた」

　あまりのことに、安積は言葉を失っていた。しばらくの沈黙ののちに安積は言った。

「ばかな……。クビだって……？　そんな話があってたまるか」

「警務部のチェックが入った。娘のことに、うすうす感づいていたらしい」

「冗談じゃない。自分の娘を所轄署へ引っ張っていったんだぞ。警務部が何を言おうと関係ない」

「そうはいかん。不始末は不始末だ」

「私が掛け合ってくる」

「いいんだ。俺は、娘のためにも、けじめをつけることにしたんだ。娘は今回のことで多くのものを失うだろう。俺も、何かを手放さなければ示しがつかない」

安積は、それ以上抗議はできなかった。最後に彼は言った。

「本当にそれでいいのか?」

「俺が決めたことだ」

湾岸分署に戻ると、速水が安積の席にすわっていた。

「係長の席がうらやましいのか?」

「縄張りを広げたつもりだったんだがな」

部下たちが、ふたりのやりとりをさりげなく聞いている。

「私に用か?」

「先日は、寿司をごちそうになった。礼が言いたくてな」

「いいさ。タクシーの代わりをやってもらったんだ。だがな、警務部には気をつけろ。やつらは、スパイみたいなもんだ。ハンチョウが警察の体制批判か?」

「珍しいこともあるもんだ。仲間の首を狙っている」

「そういう気分のときもある」

「独身が長すぎたんだ」

「用はすんだんじゃないのか?」

「もう一言」

「なんだ?」

「おまえさん、奥さんとよりを戻せ」

安積は、部下の耳が気になった。

「余計なお世話だ……」

「寿司屋での雰囲気を見て、思った。あんたたちは、うまくやれるよ」

「くそ……。おまえなんかを同席させるんじゃなかった」

「そう」

速水はようやく腰を上げた。「今度は、ふたりだけで食事をするといい」

「考えておくよ」

「本当だな、ハンチョウ」

「ああ、考えておく」

巻末付録特別対談

第三弾

今野 敏×上川隆也

『隠蔽捜査』や『スクープ』の主演を
きっかけに親交のある、上川隆也さんと
今野敏の特別対談！

――今回の対談のお相手である上川さんは、今野さんのご指名だと伺いました。

今野敏（以下、今野）私たち、会えば必ず盛り上がる話題があるんです。アニメです（笑）。お付き合いは十年以上になりますが、いつもこの手の話が尽きない。とはいえ、対談という形でお話をするのは久しぶりなので、今回お願いした次第です。

上川隆也（以下、上川）改めてとなると、少し照れますけど。

今野　『隠蔽捜査』（新潮文庫）が舞台化された際（二〇一一年）、主人公の竜崎を演じてくださったのが上川さんでした。初めてお話したのはその楽屋でしたが、この時も「風の谷のナウシカ」で盛り上がって。小説に出てくるんです、タイトルは伏せているけれど竜崎がDVDを見たことを妻に伝えるシーンが。舞台の上川さんは、手振りだけなのにナウシカについて語っているのが見て取れた。それだけでわかりましたよ、こっち側の人だって（笑）。

今野 敏（作家）

上川　先生は僕のどストライクの話をこれでもかというくらい持ち携えてらっしゃるんです。なので、早々に胸襟を開いてしまいました。

今野　それにしても、あれはすごいお芝居でしたね。『隠蔽捜査』と『果断』という二冊分の作品をいっぺんにやられたんですから。大変だったんじゃないですか？

上川　竜崎は物語の進行役ですので台詞が多くて（笑）。クラクラしながら稽古しましたが、なんとか上演にこぎつけました。有難いことにお客様にも先生にも楽しんでいただけたとお聞きした時は、本当に嬉しかったです。

今野　舞台として実に面白く、見応えのあるものになっていました。

上川　小説を読ませていただいた時は、相当な場面転換を繰り返さないと、この作品の魅力を舞台化することはできないだろうと感じていました。ですが、この時僕らが取った方法は、『お客様が竜崎と同一視点で物語を追う』という思い切ったものでした。下手をすると原作の持っている自由度を削ぎかねないアプローチでしたが、この時は捨てることで逆に豊かさが生まれていたと思います。

——日頃から本を読まれている時も舞台人としての視点があるのでしょうか。

上川　小説を読む時は、純粋にその作品を楽しみたいと思っています。

今野　お仕事として受けた瞬間にスイッチが入り、一から積み上げていかれるのではないですか。

上川　それはあるかもしれません。読んだことが

上川隆也（俳優）

ある作品でも、己を憑代にするとなれば見方も変えなければなりません。取り込むべきもの、膨らませていけるもの、または捨てなくてはいけないもの。その見極めを伴った読み方を改めてするわけですから。

今野　今の言葉からもわかるように、求道者のような方なんです（笑）。

――今野さんのスイッチが入るのはどんな時でしょう？

今野　私はパソコンに向かわないと、何も考えない人だから。

上川　以前そのお話を伺った時は驚愕しました。多くの作品に向き合うスタンスや先々の展開をどこまで見据えていらっしゃるのかなどお尋ねしたら、今のように何事でも無いかのようにおっしゃられて。正直、呆気にとられました（笑）。

今野　ちょっと大袈裟に言っただけですよ。

上川　でも、犯人が変わることもあるともおっしゃっていましたよね。

今野　うん、あるね。

上川　未だに信じられません。作品はあれほど緻密なのに。ということは、用意したジグソーパズルのピースが組み替えの利くものになっているということなんでしょうか？

今野　あと三回で連載が終わるという頃に読み返してみるんです。すると、伏線になりそうなものがうまい具合にちりばめられている。それを拾っていけばいいんです。

上川　そんな都合のいいことがあるわけないでしょう！

今野　四十年書き続けてきましたが、見つけられなかったことはないです。でね、見つけた時には、やったーと快感になるわけです。だから、この年になっても小説を書くのが楽しいんです。

上川　『昨日の自分という共同執筆者がいる』ということですか。

今野　以前に書いたものを読み返すと、自分ではない人が書いたみたいな感じもします。舞台も同じではないですか。毎日違うわけですよね？

上川　僕も共演者も互いに日々同じようには生きていませんから、昨日の彼と今日の彼、昨日の我と今日の我は違って当然で、同じ台詞を口にしていても、ニュアンスが違うというのは珍しいことではありません。ただ、舞台のゴールは一点です。そのゴールに向かって収束していくので、起こったことによって結論を変えたりはしません。だからこそ、先生の執筆がある種の変容を内包していると聞いて、驚きでしかないんです。

今野　小説もゴールに向けて収束していきますが、その過程で変容の幅が振れれば振れるほど面白いものにはなりますね。

――舞台には変容がないほうが望ましいのでしょうか。

上川　いえ、あったほうがいいです。ただ、逸脱できる幅には当然制約があります。その見極めが『舞台は面白い』という感覚に昇華していくのかもしれません。どこまで遊べるかという観点で見れば、先生がおっしゃったことにも近いと思います。

今野　そう、舞台と小説は似ています。両方とも生き物ですから。実は私、高校時代に演劇をやっていましてね。なんと、映画「二流小説家」（二〇一三年）では上川さんと共演もしています（笑）。

上川　演劇に携わっておられたと伺っていましたので、もしかしたら受けていただけるんじゃないかという下心が頭をもたげたものですから。大家の小説家の役をお願いしたのですが、虚飾一つなく、実にカメラの前で堂々とされていました。だから、「スクープ　遊軍記者・布施京一」（二〇一五年）にも出ていただいて。

今野　先輩記者の役でしたね。あのドラマは「スクープ」シリーズが原作ですが、上川さんが演じられた主人公の布施が非常に良かったんですよ。

上川　蜂の巣をつついたような報道局の中で泰然自若とソファに寝そべっている人物というのは役としても面白く、キャラクターとして造形のしがいがありました。

――少しクセのあるような人物のほうが造形の面白さを感じますか？

上川　ケースバイケースでしょうか。四角四面な人物を演じることもありますが、そこにも当然、造形の面白味はあります。竜崎がその系統にあると思うのですが、規範というものを大事に生きていながら、彼は主人公たり得る魅力も持ち携えている。それはつまり、そこに何かがあるからです。それをどう見出し立体化していくのかは、布施となんら変わりない面白味だと思います。

今野　竜崎のような人間は普通にやるとただの四角四面になってしまうんですが、そこにある面白味を上川さんは実にうまく引き出してくれていましたよね。

上川　家庭のシーンがそれを膨らませてくれました。警察組織の中だけだと竜崎の片面しか見ることが出来ませんが、そこに家庭のシーンを織り込むことで、彼のある種、綻びとも言えるような部分が魅力となって紡がれていったように思います。

今野　真面目さが滑稽だというね。舞台を見て、ああ、これもありだなと。それで私も竜崎の描き方に変化を加えたところもあります。

上川　今、ものすごく光栄なお話を伺っているような気がします。

今野　今の竜崎は上川さんにインスパイアされた

ところがあります。その竜崎は唐変木という言い方も出来るんだけど、それは安積さんも同じ。ですから、上川さんの演じる安積も面白そうですが、それ以上に似合うと思っているのが白バイに乗っている速水なんです。

上川　本当ですか？　速水は安積の素敵な仲間ですが、その協力の仕方、特に初期の立ち居振る舞いは映像化に際して、現在のコンプライアンスにそぐわないんじゃないかと（笑）。

今野　小説ってね、面白い人を主人公に持ってきてはいけないんですよ。語り部ですから。周りに面白い人を配置して、主人公がその人にどう反応するかというのを書いていかなくてはいけない。そういう意味でも速水というのはキーになる存在なんです。須田もその一人ですけどね。

上川　須田さんも魅力的です。僕は安積班って、戦隊ものだと捉えているんです。レッドがいて、ブルーがいて……。一人一人が色に例えられるくらい、人物の彫り込まれ方が際立っています。だから、あのグループは集団戦が実に強い。

今野　警察小説は群像劇ですから、そういう役割分担が必要なんですね。加えて、安積班シリーズは長編と短編を交互に書いていて、その短編では一人一人にスポットを当てているものだから、キャラクターもどんどん深くなっていくんです。もう三十四年も書いていますしね。

上川　それは小説というものが持つ幸せな側面ではないかと思います。一つのキャラクターと長く付き合うことは役者にとって夢でもありますが、入れ物である僕らは否が応でも歳をとってしまいます。

今野　そう考えれば、テレビドラマ「遺留捜査」の糸村刑事を十年も続けられているのは凄いことですね。

上川　自分が五十代も後半に差し掛かり、あの無邪気な人物とこの先どこまで付き合っていけるのかという思いが、ふと過ることはあります。でも、それを超えた愛着もありますので、出来る限り寄り添えるようにしていたいとも思っています。

今野　先ほど話に出た布施と糸村刑事は物語における立ち位置が同じじゃないかと思うんです。

上川　異物という意味ではそうかもしれません。

今野　ですから、私もどこか親近感があるんですよ。応援しています。

上川　ありがとうございます。

構成：石井美由貴／写真：島袋智子
スタイリスト：黒田匡彦（KUMSTYLE）
ヘアメイク：末武美穂（スタジオまむ）
衣装協力：Losguapos for stylist
TEL 03-6427-8654

次巻『警視庁神南署』の巻末には、俳優・中村俊介さんとの特別対談を収録します。

本書は、ケイブンシャ文庫（一九九八年十一月）を底本とし、
二〇〇六年九月にハルキ文庫にて刊行されました。
二〇二三年二月に改訂の上、新装版として刊行。

ハルキ文庫

硝子(ガラス)の殺人者(さつじんしゃ) 東京(とうきょう)ベイエリア分署(ぶんしょ) 新装版

著者 今野(こんの) 敏(びん)

2006年 9月18日第一刷発行
2022年 2月18日新装版第一刷発行

発行者 角川春樹

発行所 株式会社角川春樹事務所
〒102-0074 東京都千代田区九段南2-1-30 イタリア文化会館

電話 03(3263)5247(編集)
03(3263)5881(営業)

印刷・製本 中央精版印刷株式会社

フォーマット・デザイン 芦澤泰偉
表紙イラストレーション 門坂 流

本書の無断複製(コピー、スキャン、デジタル化等)並びに無断複製物の譲渡及び配信は、著作権法上での例外を除き禁じられています。また、本書を代行業者等の第三者に依頼して複製する行為は、たとえ個人や家庭内の利用であっても一切認められておりません。
定価はカバーに表示してあります。落丁・乱丁はお取り替えいたします。

ISBN978-4-7584-4458-3 C0193 ©2022 Konno Bin Printed in Japan
http://www.kadokawaharuki.co.jp/ [営業]
fanmail@kadokawaharuki.co.jp [編集]　ご意見・ご感想をお寄せください。

今野 敏　安積班シリーズ　新装版 

刊行

ベイエリア分署篇

『二重標的(ダブルターゲット)　東京ベイエリア分署』　2021年12月刊

今野敏の警察小説はここから始まった‼

巻末付録特別対談第一弾!　**今野 敏×寺脇康文**(俳優)

『虚構の殺人者　東京ベイエリア分署』　2022年1月刊

鉄壁のアリバイと捜査の妨害に、刑事たちは打ち勝てるか⁉

巻末付録特別対談第二弾!　**今野 敏×押井 守**(映画監督)

『硝子(ガラス)の殺人者　東京ベイエリア分署』　2022年2月刊

刑事たちの苦悩、執念、そして決意は、虚飾の世界を見破れるか⁉

巻末付録特別対談第三弾!　**今野 敏×上川隆也**(俳優)

今野 敏 安積班シリーズ 新装版 連続刊行

神南署篇

『警視庁神南署』 2022年3月刊行予定

舞台はベイエリア分署から神南署へ――。
巻末付録特別対談第四弾! 今野 敏×中村俊介(俳優)

『神南署安積班』 2022年4月刊行予定

事件を追うだけが刑事ではない。その熱い生き様に感涙せよ!
巻末付録特別対談第五弾! 今野 敏×黒谷友香(俳優)